*Für Prinzessin Lilly und die kleine Elfe Romy*

Sauerländer Märchenstunde
Spaßmärchen und Lügensagen aus dem Sauerland

WOLL-Verlag Hermann-J. Hoffe
www.woll-verlag.de
3. Auflage November 2013, Nachdruck mit neuer Umschlaggestaltung

Autor: Michael Martin
www.immerdiebesteidee.de

Titelfoto: Karin Hessmann
www.karin-hessmann.de

Illustrationen: Derek Pommer
www.derek-pommer.de

Layout: Horst Hanke Werbeagentur
www.hanke-advertising.de

Druck: Zimmermann Druck+Verlag GmbH
www.zimmermann-druck.de

Lieber Leser,

das Sauerland ist leider nicht immer märchenhaft. Draußen plästert es meist, Orkane knicken unsere Fichtenwälder und der gemeine Fuchsbandwurm lauert in jeder zweiten Himbeere. Drinnen daddeln die Kinder sich im Internetz die Augen eckig, es riecht immer öfter nach Tofubratling statt nach Kohlrouladen, und aus irgendeinem Grund ist das Klopapier schon wieder alle. Verdorrich noch eins!

Und dann sitzt du am Bett deiner Kinder und musst ihnen auch noch ein Märchen vorlesen. Von gestiefelten Katzen, gestochenen Prinzessinnen und verlorenen Schuhen. Die Kinder freuen sich natürlich, auch wenn sie die Geschichten schon fuffzich Mal gehört haben. Dir aber fällt bereits zwei Minuten nach „Es war einmal ..." vor Langeweile das Gesicht in Scheiben. Du kennst das Gefühl? Siehste!

Daher hab ich es mir in meinem Oberstübchen gemütlich gemacht und an das Sauerland gedacht: an die wunderschönen Dörfer und sehenswürdigen Städte, die herrlichen Wälder und an die einzigartigen Menschen unserer Region. Den ganzen Kappes habe ich dann nach Ommas Geheimrezept mit bekannten Märchen und unbekannten Sagen verrührt, eine gehörige Prise Humor drunter gemischt und das Ganze bei 180° auf der mittleren Schiene zu diesem Büchlein verbacken. Ich hoffe, dass es dir und deinen Kindern gut bekommt.

Na denn: Mahlzeit!

Euer Michael Martin

DAS MÄRCHENLAND
DER TAUSEND BERGE
Oesbern
Menden
Iserlohn
Hemer
Eisborn
Balve
Altena
Neuenrade
Schalksmühle
Werdohl
Lüdenscheid
Plettenberg
Halver
Meinerzhagen
Finnentrop
Attendorn
Greve
Olpe
Kirchhundem

Büren
Warstein
Arnsberg
Marsberg
Brilon
Meschede
Olsberg
Remblinghausen
Willingen
Winterberg
Hallenberg

# INHALT


Das eitle Hühnchen 8
Eine Sauerländer Moritat

Das Geheimnis der Attahöhle 14
Wie Attendorn zu seinem Naturwunder kam

Das Gold des Sauerlands 22
Lüdenscheid im Kartoffelfieber

Das Märchen vom Pilskenzapfdich 28
Ein Märchen aus dem Märkischen

Das Sängerfest auf Burg Altena 36
Graf Adolf sucht den Minnestar

Das Wunder von Meinerzhagen 44
Legende vom Heiligen Ömmes

Die Rache des Imkers 50
Geschichte mit Sauerländer Bienenstich

Der Sensenmann von Remblinghausen 58
Warum die Ziege im Hühnerstall Motorrad fährt

Der tapfere Mettigel 64
Ein Mettabenteuer aus Winterberg

Die Arche Sauerland 70
Wie Neuenrade zum Semberg kam

Die güldenen Gummistiefel 76
Vom Werdohler, der hoch hinaus wollte

Die Hemer Stadtmusikanten 84
Märchen mit Verkaufsveranstaltung

Die leuchtenden Birnen von Sundern 90
Warum es im Hochsauerland so viele Leuchtenmacher gibt

Die Semmelschlacht um Attendorn 96
Warum die Attendorner am Karfreitag ihr Brot segnen

Die sieben Jungfern 104
Ein Mahnmal für das sündige Sauerland

Hansi und Gretel 110
Wie Olpe zum Hexenturm kam

Hauruck, die Waldfee 118
Briloner Fichtengeschichte

Herr Fischer und seine Frau 124
Anglerlatein vom Lenneufer

Prinzessin Persico und ihr Frosch 132
Ein Märchen mit Sauerländer Perle

Der Rattenfänger von Iserlohn 138
Wie den Waldstädtern die Flötentöne beigebracht wurden

Rotkäppken und der letzte Wolf 144
Frei nach Grimm, gleich hinter Oesbern

Der Adler von Arnsberg 152
Wie die Arnsberger endlich einen Schützenkönig fanden

# DAS EITLE HÜHNCHEN

## Eine Sauerländer Moritat

Wie du sicher weißt, sind die Sauerländer viel bescheidener als alle anderen Menschen auf der ganzen Welt. Zwei Dickebohnen zum Abendessen, dazu ein Glas euterwarme Ziegenmilch: Dä! Eitelkeit liegt ebenfalls nicht in ihrem Wesen, und wenn ein Mägdelein aus Halbhusten, Niederholzklau oder Oberneger sich doch einmal zu arg herausputzt oder sich Botox in die Lippen sprützen lassen will, bis es aussieht wie eine verprügelte Ente, dann nehme ich das verwirrte Kind beiseite und erzähle ihm das Märchen vom traurigen Ende des eitlen Hühnchens.

Vor langer, langer Zeit, als das Rothaargebirge noch blond war und man Fantasie noch mit „Ph“ buchstabierte, da lebten in einem sauerländischen Städtchen ein braver Mann und seine Frau. Beide arbeiteten auf dem Rathaus und verdienten sich dort ihr täglich Brot mit allerlei wichtigen Loch- und Abheftarbeiten. Wie es damals so üblich war, hielt das Paar nebenbei ein paar Hühner im Garten, auf dass es ihnen niemals an Eiern mangeln möge. Zu den braunen Legehennen hatten sie einen stolzen Hahn gesellt, weil sein Kikeriki lauter war als jeder Radiowecker in jenen stromlosen Tagen. Morgens ging die Frau durch den Garten und sammelte die frischen Eier aus allen Ecken, abends trieb ihr Gatte die Hühnerschar zusammen und sperrte sie in einen sicheren Verschlag, damit der böse Fuchs sie nicht holen konnte.

Manchmal blieb eines der Hühner im Pirk auf seinem Ei sitzen, um es auszubrüten. Und siehe da, nach drei Wochen schlüpfte dann ein goldgelbes Küken und steckte sein vorwitziges Köpfchen aus dem Neste. Die Küken wurden von den Glucken liebevoll bemuttert, mit frischen Regenwürmern versorgt und abends zum Schlafen unter die Fittiche genommen. So wuchsen die Küklein rasch heran, bis sie so groß und braun waren wie ihre Mütter und selber Eier legen konnten.

Eines schönen Frühlings war jedoch ein Hühnchen darunter, das wollte und wollte nicht braun werden und blieb schneeweiß wie Eierschale. So etwas war auf dem Hühnerhof noch nicht vorgekommen! Weil es so schön war und so weiß, dachte das Hühnchen, es wäre ein Schwan und damit etwas Besseres als die anderen. Es weigerte sich, im Mist zu scharren und ließ sich fette Regenwürmer vom Hahn bringen, der dafür jeden Abend einmal auf dem falschen Schwan um den Hof reiten durfte. Eierlegen mochte es auch nicht, weil es nicht einen so ausgeleierten Hintern wie die braunen Legehennen bekommen wollte. Das behagte dem übrigen Federvieh natürlich nicht recht.

„Eingebildete Tucke!“, gackerten sie sich zu, „Die glaubt wohl, sie ist was Besonderes!“ und gingen der weißen Schwester tunlichst aus dem Wege. Das eingebildete Hühnchen trieb es mit der Zeit immer ärger. Es kaufte sich Hühneraugentinktur, damit seine Äuglein noch schwaniger strahlten, ließ sich den Kamm absaugen, weil Schwäne nun mal keine Kämme haben, und schminkte sich mit kussechtem Schnabelstift. Wie der Mann den roten Schnabel sah, dachte er, sein Hühnchen wäre krank und gab ihm guten Mais zu fressen, um es aufzupäppeln. Vom gelben Mais bekam das Federtier jetzt auch noch dicke Brüste, und es wurde doppelt so eitel als jemals zuvor.

Eines Abends, wie es so am Zaune stand und sich die Krallen lackierte, brauste der schlaue Rotfuchs auf seinem Moped heran und machte eine Vollbremsung, als er das Hühnchen bemerkte. Er stieg von seiner Kreidler und machte eine tiefe Verbeugung: „Tach auch, schöne Frau! Meister Reineke mein Name, der Typ mit dem Fuchsschwanz! Wie wär's mit einer Spritztour?“ Die anderen Hühner gackerten aufgeregt, versteckten sich hinter ihrem Pirk und riefen ihrer eitlen Schwester zu: „Tu's nicht, tu's nicht! Er wird dich fressen! Er wird dich fressen!“ Das weiße Hühnchen aber ließ sich gerne umgarnen, es war ja sonst nicht viel los im Kaff. „Ach was," rief es den bibbernden Hennen zu, „Füchse fressen keine Schwäne!" Also stieg es hinter dem Rotpelz aufs Moped, krallte sich fest und schon sausten die beiden mit wehendem Fuchsschwanz juppheidi davon.

Wie aber der Morgen anbrach und das Hühnchen immer noch nicht zurück war, da machten die braunen Schwestern sich arge Sorgen. Sie berieten, was man tun könne und beschlossen, der Hahn solle sich aufmachen, um im Walde nach dem Rechten zu sehen. Der Hahn jedoch, der seinen Hof noch nie verlassen hatte, fürchtete sich vor allem, was jenseits des Zaunes lag und sprach: „Was soll ich in den Wald? Ein jeder weiß doch, dass es dort nichts zu finden gibt als den Tod!" In diesem Moment hielt ein Taxi vor dem Hof, und das weiße Hühnchen stieg aus. Es hatte eine Zigarette im Schnabel, sein Kamm hing auf halb sieben, und es roch nach Eierlikör. „Leck mich am Ei!" sprach es zu seinen Schwestern, „Was für ein Fuchs, was für eine geile Höhle!"

Dann fiel das Hühnchen um und schlief zwei Tage lang. Am dritten Tage schlug es die Augen auf und blinzelte gerade zum ersten Mal wieder in den blauen Himmel, als ein prächtiger Schwan mit lautem Flügelschlag über den Garten flatterte. „Nimm mich mit! Nimm mich mit!" rief es der weißen Majestät zu, doch der flog zu hoch, um das Gegacker zu hören. Wie der Schwan auf seinen mächtigen Schwingen langsam in Richtung Ortsausgang verschwand, da sprang das weiße Hühnchen auf den Pirk, von dort auf den Schoppen und weiter bis auf das Dach des Hauses. Es breitete seine Flügel aus, um dem schönen Schwane zu folgen, nahm tüchtig Anlauf und flatterte aufgeregt gackernd los. Für wenige Augenblicke erhob es sich in die Luft, aber weil es als extrafaules Huhn nie richtig fliegen gelernt hatte und so dicke Brüste hatte, bekam es schwere Schlagseite und knallte mit Schmackes von oben in den Schornstein des Hauses.

Der Mann und seine Frau standen gerade in der Wohnstube und streckten Betttücher, als es plötzlich im Kamin rumpelte und pumpelte. Sie dachten schon, es sei der Schornsteinfeger, aber da staubte es plötzlich gewaltig, und ein pechschwarzes Etwas kollerte voll Karacho über die Dielen des Hauses. Das rußverschmierte Knäuel knallte gackernd vor die Schrankwand und landete dann als hustendes Hühnchen in der frisch gewaschenen Bügelwäsche, die in einem Binsenkorbe auf dem Fußboden stand. Der Mann sah das Huhn an, die Frau sah den Mann an, das Huhn sah die Frau an und grinste verlegen.

„Das hammwe gerne!" sagte der Mann, „Den guten Mais fressen, keine Eier legen und uns jetz noch die Kochwäsche versauen! Das reicht!" Das Huhn entschuldigte sich, versprach Besserung und täglich ein besonders dickes Ei zu legen, doch der Mann und die Frau verstanden nur „Gack, gack, gack!". Dem letzten Gack folgte ein kurzes Zack, und abends schmorte das Huhn, das ein Schwan sein wollte, schon in der heißen Kasserolle. Wie es knusprig braun auf dem Teller lag, so wie frisch aus dem Solarium, und beim Servieren weiße Papierschühchen tragen durfte, da sah das Hühnchen so schön aus, wie nie zuvor. Und als dem Manne aufgetragen wurde und er den ersten Bissen tat, da entfuhr ihm ein lautes: „Mein lieber Schwan!", so gut schmeckte ihm das Mahl. Besonders die dicken Brüste, denn davon kann ein richtiger Sauerländer nie genug bekommen!

Als das eitle Hühnchen schon längst verschmaust und seine Federn in alle Winde davon gestoben waren, da fanden die braunen Legehennen unter seinem kalten Nestlein ein kleines Tagebuch mit drei weisen Worten, über die alle Hühner des Sauerlands noch heute sprechen: Gack, gack, gack!

*Und jetzt ab in die Heia, sonst legt das Huhn keine Eier!*

# DAS GEHEIMNIS DER ATTAHÖHLE

## Wie Attendorn zu seinem Naturwunder kam

### Vorgeschichte

In ganz Deutschland kennt man die wunderschönen Höhlen des Sauerlandes, die das ganze Jahr über Schaulustige aus der ganzen Welt in unsere grüne Heimat locken. Die Höhlen sind bei den ausländischen Gästen schon deshalb so beliebt, weil sie außer unseren Schützenzelten die einzigen Attraktionen sind, wo man keinen Regenschirm braucht.

Während die Portugiesen, Spanier und Italiener über die Weltmeere segelten, um neue Kontinente und Völker zu finden, krabbelten die Sauerländer in ihren tausend Bergen herum und kuckten unter Steinen und Baumstuken, ob es da nicht ebenfalls etwas Spannendes zu entdecken gab. Als erstes wurde so die Balver Höhle entdeckt, obwohl, wer das Riesenloch nicht schon von weitem sieht, der muss schon echt Kartoffeln auffe Augen haben. Eigentlich müsste die Höhle übrigens „Zwergenhöhle" heißen, das klänge auch spannender. Der Name Balve stammt nämlich angeblich von Ballofa, dem sagenhaften Ort, wo die Zwerge dem sagenhaften Wieland das Schmieden und das Wichteln beibrachten. Die herrliche Heinrichshöhle bei Sundwig kam als nächstes beim Entdecken dran, benannt nach Heinrich von der Becke, der den Höhleneingang 1812 auf einer alten Landkarte fand. So gehdes natürlich auch, woll. In der Höhle gab es Tropfsteine und Bärenknochen, und die Sundwiger gaben ganz schön an mit ihrem Fund. Ich hätte das Ding ja Bärenhöhle genannt, aber mich fragt ja keiner.

Jetzt waren die Letmather natürlich sauer, dass es bei ihnen keine schicke Höhle gab, und daher beauftragten sie zwei Eisenbahner, im Wald nach einem schönen Tunnel zu suchen, am besten mit was ganz Tollem drin. 1868 stolperten die beiden Experten dann endlich über das

Loch, hinter dem die Dechenhöhle liegt. Deren glitzernde Tropfsteine waren so schön tropfig und so wunderbar steinig, dass die Letmather den Sundwigern eine lange Nase machten. Ätsch!

Als 1887 dann auch noch die töffte Bilsteinhöhle bei Warstein entdeckt wurde, zog als erstes Balve nach, die höhlenmäßig ja leider nur ein großes Loch zu bieten hatten. Also schickten sie Franz Recke zum Höhlensuchen in den Wald, der dann solange im Düstern tappte, bis er eine lange, feuchte Dunkelheit gefunden hatte: die Reckenhöhle. Da Reckes Franz als Balveraner aber ein halbwegs kluger Kopf war, lockte er neugierige Besucher in das unheimliche Tropfsteinloch und erfand so die Höhlenführung. Zwei Jahre später nahm er, auf Anregung seiner zahlenden Kunden, auch endlich Licht mit, damit man nicht ständig vor die Stalagmiten baselte.

Dass man mit einem dunklen, feuchten Loch sein Geld verdienen konnte, ließ den Sundwigern mit ihrer düsteren Heinrichshöhle nun keine Ruhe. 1905 schraubten sie rummeldikatz ein paar Glühbirnen an die Stalaktiten, machten eine Kneipe vor der Höhle auf und bastelten sogar ein Bärenskelett für zum Bekucken. Dä!

Kurze Zeit später zogen die Attendorner mit ihrer Attahöhle überraschend schnell nach, und überall im Sauerland munkelte man, dass das nicht mit rechten Dingen zugegangen sein konnte und bestimmt der Teufel seine Hand im Spiel hatte. Alle Unterlagen darüber, wie die Attendorner so rasch zu ihrer Höhle kamen, sind unter mysteriösen Umständen verschwunden. Als aber mein Onkel Hansi aus Rauterkusen neulich einen leichten Dachschaden hatte und bei sich im Oberstübchen herumkrabbelte, fand er dort unerwartet persönliche Erinnerungen an die Vorgänge jener Zeit. Er brabbelte, ich spitzte die Ohren und habe sie fein mitgeschrieben, die wahre Geschichte vom Geheimnis der Attahöhle.

## Das Geheimnis der Attahöhle

Bevor Fort Fun gebaut wurde, waren Höhlen im Land der tausend Berge die größten Attraktionen und die Menschen gaben gerne ihre hart verdienten Taler für eine Führung durch die tropfende Unterwelt aus. Der warme Geldsegen, der sich so über die schlauen Sundwiger, Letmather und Balver ergoss, sprach sich damals überall im armen Sauerland herum, natürlich auch bis nach Attendorn. Einfach ein großes Loch finden, Licht anmachen, fertig – das war Musik in den Ohren des Attendorner Stadtkämmerers. Also beschlossen die Stadtherren in einer geheimen Sitzung, es müsse eine eigene Höhle her. „Entdecket mir ein Loch, das so unendlich ist wie der Appetit meiner Kinder und so breit wie die Hüften meiner Frau!" Da raunten die Ratsherren, denn so breit war damals nicht mal das Stadttor.

Während anderntags die örtlichen Schreiner sicherheitshalber schon mal ein Kassenhäuschen zimmerten, durchstreiften die Attendorner ihre endlosen Wälder auf der Suche nach einer eigenen Höhle. Man fand aber nur Mauselöcher, Fuchsbauten und den Bausenberg-Tunnel in Neu-Listernohl. Als echte Sauerländer ließen sich die Attendorner jedoch so leicht nicht unterkriegen. Sie beschlossen, weiter nach ihrer Höhle zu forschen und übergangsweise den nahen, über tausend Meter langen Eisenbahntunnel mit Tropfsteinen zu behängen und zur Besichtigung freizugeben. Das war zunächst auch ein großer Erfolg, und die Menschen kamen von nah und fern, um das Attendorner Loch im Berg zu besichtigen. „Immer den Gleisen nach!“ stand im Prospekt der Bausenberghöhle, der einzigen Sauerländer Höhle mit zwei gleich großen Eingängen, und „Bei lautem Pfeifen bitte zügig Richtung Ausgang streben!“. Das funktionierte denn auch eine ganze Weile, allerdings mehr schlecht als recht, weil die Züge nach Finnentrop und Olpe bei der Tunneldurchfahrt immer wieder die Stalaktiten beschädigten und ein ums andere Mal mehr Schaulustige in den Bausenberg hineingingen, als auf der anderen Seite herauskamen. Eine bessere Höhle musste her, koste es, was es wolle.

Als die Höhlenpein in Attendorn so groß wurde, dass manche sogar vergaßen, am Samstag zu beichten und am Sonntag zweimal in die Kirche zu gehen, sah der Teufel sein Stündlein gekommen. Wie also der Rat der Stadt sich wieder einmal die Haare raufte und nicht wusste, wie die vermaledeite Höhle zu finden sei, klopfte der Satan an die Rathaustür und machte den hohen Herren seine Reverenz. „Werte Räte! Ich bin der Herr der Unterwelt und ich kenne alle Höhlen der Erde! Wenn ihr mir nur eine einzige Sauerländer Jungfrau mit in die Hölle gebt, dann werde ich euch den Weg zu einem der schönsten Löcher eurer Heimat weisen!“ Da zwackten die Stadtväter arge Gewissensbisse, denn als gute Katholiken wollten sie es sich nicht mit dem lieben Gott verscherzen. Der hatte nämlich den Attendornern wenige Jahre zuvor das Opfern von Jungfrauen unter Androhung von drei Rosenkränzen und vier „Gegrüßet seist du Maria!“ ein für alle Male verboten. Aber weil die Sauerlandbewohner von kluger Art sind und weder Tod noch Teufel fürchten, berieten sie sich kurz und nahmen den Handel dann an. Der Teufel war's zufrieden, und er führte die Einwohner von Attendorn zu einem Steinbruch vor den Toren der Stadt. Dort breitete er die Arme aus, stampfte mit seinem gewaltigen Huf auf den Boden, und vor der staunenden Menge tat sich ein riesiges Loch im Fels auf. „Da habt ihr eure Höhle, Menschenkinder! Und jetzt her mit der Jungfrau, bitte!“

„Und was ist mit der Innenausstattung?“ frug ihn der Bürgermeister. „Wenn du uns noch die schönsten Tropfsteine Europas in die Höhle einbaust, dann soll die Jungfer dir alle Tage lang Sauerländer Speisen kochen!“ Der Teufel war's einverstanden, denn so gute Mettwurst wie am Biggestrand gibt's nur im Himmel, nicht aber in der Hölle. Wiederum breitete er seine Arme aus, stampfte mit dem Huf auf den Boden des Steinbruchs, und schon wuchsen im Dunkel mächtige Stalagmiten und feinste Stalaktiten. „So, das wär's!" sprach Beelzebub, „Inklusive Stromanschluss, sechshundert Glühbirnen, Alhambragrotte und Geländer macht das summa summarum eine Jungfrau und lebenslänglich Mettwurst!“

„Versprochen ist versprochen!“ antwortete der Attendorner Bürgermeister und ließ die zugesagte Jungfer herbeiholen. „Satan, das ist Jettchen Brinker! Jettchen, das ist der Satan!“ Der Teufel besah sich die Jungfer und wurde schwefelgelb vor Zorn. „Die ist ja weit über achtzig!“ entfuhr es ihm. „Och weisste, Jungfrauen sind immer recht knapp hier in Attendorn, und übers Alter hattesse ja schließlich nix gesacht, woll!“ erwiderte der Bürgermeister.

Der gefoppte Herr der Unterwelt besah sich die Alte aus der Nähe, beugte sich zu ihr hinunter und fragte: „Kannst du wenigstens Kochen?“ Da holte Jungfer Jettchen aus und gab dem Teufel eine saftige Backpfeife: „Wie kommsse eigentlich dazu, mich zu duzen, du Peias! Keine Buxe am Ähse, abber hier die großen Töne spucken!“

Der Satan rieb sich verwundert die Backe: „Entschuldigen sie, bitte. Aber mir wurde zugesagt, dass sie jetzt lebenslänglich für mich kochen!“ Jettchen nickte: „Kannste haben. Heute gipptes Stippsuppe, morgen gipptes Dickebohnen, übermorgen frische Kröse.“ „Und wann gibt es Mettwurst?“ begehrte der Teufel zu wissen. „Die gipptes bei mir nur Ostersonntach!“

Da schrie der Satan vor Wut, dass ihn die Attendorner so hereingelegt hatten. Er breitete den Mantel aus, stampfte ein Loch in den Boden und verschwand heulend darin.

Die Attendorner aber jubelten, dass sie den Satan solchermaßen gefoppt hatten. Sie bauten flugs das Kassenhäuschen vor den Höhleneingang, und Jettchen Brinker verkaufte die ersten Eintrittskarten. Damit es sich aber nicht bis zum Bischof nach Paderborn herumsprach, dass sie auf einen Handel mit dem Beelzebub eingegangen waren, erfanden die Biggeseeanwohner eine superlangweilige Geschichte, dass irgendwelche Steinbrucharbeiter die Höhle zufällig entdeckt hätten.

Seit jenen Tagen aber ist die Attahöhle die Königin der Schauhöhlen in ganz Europa. Benannt wurde sie übrigens nach Atta Kefir, der als türkischer Sultan die Stadt Attendorn vor langer Zeit erst belagert und dann Frieden mit ihr geschlossen hatte.

*Was? Du hast gehört,*
*dass die sagenhafte Fürstin Atta,*
*nach der Attendorn benannt wurde,*
*auch die Namenspatronin der Attahöhle ist?*
*Dann lass dir gesagt sein,*
*dass du nicht alles glauben sollst,*
*was man dir so erzählt, woll!*
*Vor allem nicht von Attendornern,*
*die sogar den Teufel veräppelt haben!*

# DAS GOLD DES SAUERLANDS

Lüdenscheid im Kartoffelfieber

Vor langer, langer Zeit, als im Sauerland noch ohne Feuer gegrillt wurde und Twix noch Raider hieß, da lebte in Lünsche, dem heutigen Lüdenscheid, der große Entdecker und Weltreisende Kappes Finkernagel. Während Marco Polo eher in Asien herumknatterte und Vasco da Gama überall nach neuen Seewegen suchte, wollte der gute Kappes hauptsächlich neue Länder, neue Sitten und nackte Wilde kennen lernen. Vor allem nackte Wilde. Dafür hätte er eigentlich nur bis ins Hochsauerland fahren müssen, aber das war ihm zu nah und nicht beschwerlich genug. Kappes bereiste lieber mit seinem Tretboot die südamerikanische Küste, immer auf der Suche nach Freiheit und Abenteuer.

Eines Tages traf er kurz unterhalb der Anden auf einen Indiostamm, mit dem er Handel treiben wollte. Kappes hatte für diese Zwecke immer reichlich Unterlegscheiben und Glasperlen dabei, denn damals galt es als schick, arme Indianer so richtig übers Ohr zu hauen. So mancher Abenteurer hatte beispielsweise halb Peru für einen Sack voller Tinnef erhalten oder ein Fass voll mit Edelsteinen, andere wurden zum Dank für eine Kiste Pils zum neuen Kaiser gewählt und erhielten zehn junge Weiber obendrein. Wie Kappes Finkernagel nun mit dem Tauschen begann, war eigentlich schon so ziemlich alles weg. Der Häuptling der Indios hatte jedoch ein Auge auf Kappes schönes Tretboot geworfen, weil Tretboote damals auf dem Titicacasee schwer in Mode waren. Als er gewahr wurde, dass sein Gast aus dem fernen, dunklen Sauerlande stammte, überkam ihn ein großes Grinsen und er drückte Kappes für dessen Unterlegscheiben, die Glasperlen und das treue Tretboot eine große braune Knolle in die Hand. „Kah to Fel!“ sprach der adlige Indio, das ist indionisch und heißt „Vor dem Essen kochen!“. Kappes freute sich unendlich über sein wertvolles Tauschgut und hütete die geheimnisvolle

Katofel auf dem langen Fußmarsch von Indionien bis nach Lüdenscheid wie seinen Augapfel.

Zu Hause angekommen, zeigte er den Einwohnern seiner Heimatstadt die wertvolle Gabe der Andenbewohner: „Sehet her, das ist die sogenannte Katofel! Alle anderen bekamen Ländereien, Diamanten und Titel für ihre Tauschwaren, aber nur ich, der große Finkernagel, bin im Besitz dieses einmaligen Dingens! Sein Wert ist un-er-mess-lich!" Und da es am nächsten Tag auch so in den Lüdenscheider Nachrichten abgedruckt stand, musste es ja stimmen. „Der hat eine Katofel!" raunte man sich zu, „Was muss das ein reicher Mann sein!"

Kappes Finkernagel nahm die Katofel mit in sein Heim und versteckte sie dort in einer Eichentruhe im Keller. Wie ihm kurze Zeit später jedoch das Geld ausging, weil er sein treues Tretboot nicht mehr verleihen konnte, da blieb ihm nichts anderes übrig, als die einmalige Katofel zu verkaufen. Die Reichen Lüdenscheids rissen sich um die begehrte Knolle, und am Ende legte einer zwölf Batzen Goldes dafür auf den Tisch des Finkernagelschen Hauses.

Dieser unerhörte Preis sprach sich schnell herum, und schon bald bereisten etliche Sauerländer Katofelforscher die Welt auf der Suche nach weiteren Exemplaren. Im Laufe der Wochen, als die Katofel schon längst durch ein sauerländisches "R" zur Kartoffel veredelt war, begann man nach und nach, überall in unserer Heimat mit den Indioknollen zu handeln. Für ein einziges Exemplar der Sorte Andengold bekam man drei Ziegen und einen Melkschemel. Wer nur ein Pfund Sieglinde sein Eigen nannte, galt als gemachter Mann. Ja, und für eine Kiepe Grata-Kartoffeln wurde sogar ein ganzes Haus getauscht, inklusive Einbauküche und Zugehfrau. Manche legten ihre Schätze in ein geheimes Kartoffelschoss in ihre Keller, andere bewahrten sie in Töpfen mit Wasser auf, und rund um Lüdenscheid, wo bekanntermaßen die Bauern mit den dicksten Kartoffeln lebten, vergrub man die Knollen im feuchten Erdboden.

Bald wurde die Kartoffel zum neuen Geld des Sauerlandes. Es gab Kartoffelkassen, bei denen man seine Kartoffeln einzahlen konnte, Kartoffelmesser, sogenannte Hümmelken, mit denen man sich eine Scheibe für kleinere Anschaffungen abschneiden konnte, und Kartoffelreiben, wenn man rasch etwas Kleingeld brauchte. Adlige trugen Kartoffelketten, die Mätresse des Erzbischofs von Köln stolzierte im Kartoffelsack umher, und Frauen mit gewaltigen Kartoffelnasen galten als die schönsten im ganzen Lande. Unter den Sauerländer Großbauern wurde seinerzeit die extraweite Kordbuxe populär, auch Kartoffelbuxe genannt, weil man in deren Taschen sein ganzes Kartoffelvermögen aufbewahren konnte. Noch heute sieht man unsere heimischen Landmänner oft am Feldesrand stehen, wie sie, beide Hände tief in den Buxentaschen, grimmig ihre Knollen bewachen.

Eines Samstags aber, es war Markt in Lüdenscheid, da kam ein Mann aus dem Holländischen mit zwei Ochsenkarren daher und band die Tiere bei Huldas Wirtshaus an. Er bestellte sich einen Krug Hopfenwasser und legte Hulda dafür einen halben Silberflorin auf die Theke. Die Wirtin prüfte den Silbertaler, und da er ihr echt erschien, gab sie dem Holländer zwei Scheiben „Sieglinde schnittfest" heraus. Der Mann besah sich die güldenen Scheiben, kratzte sich am Hinterkopf und fragte: „Welt ju mi verappele? Giff mi mijn Florin terug!" Wie Hulda ihm aber erzählte, dass die Kartoffel in Lüdenscheid bares Geld wert sei, da machte der Fahrensmann einen Luftsprung, wie ihn die Lüdenscheider noch nicht gesehen hatten. Er sprang vor das Gasthaus auf seinen Ochsenkarren, schlug eine Plane aus grobem Leinen zurück und rief aus voller Kehle: „Habbich Bintje, binnich Könich!"

Und siehe da, auf seinem Karren lagen zwölf Doppelzentner holländischer Bintje-Kartoffeln, die die findigen Küstenbewohner aus zehn Prozent Hafergrütze und neunzig Prozent Wasser in ihren Gewächshäusern gezüchtet hatten. Rasch hatte der Mann ausgerechnet, dass er für seine Fuhre das ganze Sauerland hätte kaufen können. Bevor er jedoch auch nur eine einzige Bintje eintauschen konnte, schlugen ihn die Gendarmen in Bande und kerkerten ihn ein, denn so viel Reichtum, dazu noch bei einem Holländer, das konnte nicht mit rechten Dingen zugehen. „Was machsse hier inne Gegend, und wo is dein Wohnwagen?" begann der Lüdenscheider Oberwachtmeister sein Verhör. „Mijn Caravan? Di steit bei mi te Huus, im Suerlande sinte Kämpingplaats to düer!" antwortete der kecke Muschelschuppser. Der Oberwachtmeister aber ließ nicht locker: „Der Spaß wirtich gleich vergehn, du wässrigen Tomatenfälscher: Woher hasse die Kartoffels, und was wolltesse damit?" „De Tuffels? De habbick van meijn Ackeren! Bratse met Fett, dann kannze se iärten!" gestand der Mann in lupenreinem Altholländisch.

„Leckopfanni!“ entfuhr es dem Oberwachtmeister, „Wie, die kannze fressen, die Dinger?“

Man gab den Holländer frei, und aus Dankbarkeit zeigte jener den Sauerländern, wie man in einem Eimer siedendem Gänseschmalz aus einfachen Bintjekartoffeln wunderbare Pommes und Schippse zauberte. Erst versuchten die Lüdenscheider vorsichtig ein paar Bissen, dann langten sie richtig zu, und bald schon war die ganze Ladung des Ochsenkarrens durchfrittiert und weggefressen. Das war mal etwas anderes als die ewige Fichtennadelsuppe mit rohen Eicheln!

Da die Sauerländer von Hause aus herzensgute Handelsleute sind, wurde der Holländer fürstlich entlohnt. Man belud seinen Ochsenkarren mit fünzig Sack Astlöchern, damit er sie in seinem Käse verwende, sowie drei Fass Sägemehl für seine Frikandellen. Außerdem erhielt er ein Dutzend Windbeutel für seine Mühlen und einen piekfeinen orangefarbenen Grachtenanzug. Kaum war er fort, da brach allenthalben die Erste Sauerländer Fresssucht aus. Man plünderte die Kartoffelersparnisse und grub die Äcker eilends auf der Suche nach vergrabenen Vorräten um. Hei, war die Freude groß, als sich die unterirdisch gelagerten Exemplare auch noch von selbst vermehrt hatten.

Allerorten buddelten die Menschen tagein, tagaus nach dem essbaren Gold des Sauerlandes. Wo sie, wie im armen Schalksmühle, kein Fett hatten, da kochten sie die Kartoffeln einfach in Wasser. Wo sie, wie im bettelarmen Drolshagen, weder Fett noch Töpfe hatten, da warfen sie die ungeschälten Knollen einfach ins offene Feuer, das sogenannte Kartoffelfeuer. Und wo sie, wie im bitterarmen Kierspe, weder Fett, Töpfe noch Feuer hatten, da kauten die Großmütter die rohen Erdäpfel vor und bereiteten daraus herzhaften Kartoffelbrei. Dem Siegeszug der Kartoffel tat das jedoch keinen Abbruch, und als einige Sauerländer Klitschen das so genannte

Kartoffelgeld, einen Vorschuss zum Kauf von Winterkartoffeln, einführten, war die herrliche Knolle endlich überall dort angekommen, wo sie hingehört: in unseren Kellern, in unseren Bäuchen und in unseren Herzen.

*Kappes Finkernagel, der große Abenteurer und Entdecker*
*der Kartoffel, geriet leider genauso schnell in Vergessenheit,*
*wie die bedeutende Rolle, die Lüdenscheid bei der Einführung und*
*Kultivierung des deutschen Ackergoldes spielte.*
*Einzig und allein Loriot, der bekannte Künstler und Humorist,*
*hat den damaligen Ereignissen ein Männchen mit gewaltiger*
*Kartoffelnase gewidmet: Herrn Müller-Lüdenscheid.*

# DAS MÄRCHEN VOM PILSKENZAPFDICH

Ein Märchen aus dem Märkischen

Dort, wo im Sauerland die Dachse La Paloma pfeifen können und die Saatkrähe als Singvogel gilt, da lebte vor langer, langer Zeit ein Jägermeister mit seinen drei Söhnen. Seine Frau war ihm auf dem Försterball mit einem flotten Hirsch auf und davon gelaufen, und seitdem musste er seine Söhne ganz allein groß ziehen.

Wie die Jäuster aber immer länger wurden, da sorgten sie dem Manne doch für immer mehr Verdruss. Der Älteste war so stur, wie es nur ein Sauerländer Westfale sein kann, und außer für ein kurzes „Nä!" oder ein kühles Bier machte er den Mund kaum auf. Dem mittleren Sohn war alles Wurst, weil er darauf hoffte, dass der Vater ihm später sowieso das ganze Revier übertragen würde. Der Jüngste wiederum war Deutscher Meister im gepflegten Abhängen, trug stets kleine Stöpselchen voll Musik in den Ohren und schmeukte am liebsten holländisches Grinsekraut.

So geschah es, dass der Jägermeister eines Tages seiner ungeratenen Söhne überdrüssig wurde und ihnen kurzerhand die Tür wies. Wie aber die Wochen, Monate und Jahre ins Land gingen und der Waidmann abends immer ganz einsam in seinem Hause saß, überkam ihn große Traurigkeit und er hätte seine Söhne gern wieder gehabt, aber niemand wusste, wo sie hingeraten waren.

Der Älteste war in der Warsteiner Brauerei bei Familie Cramer in die Lehre gegangen, da lernte er fleißig und unverdrossen. Als seine Zeit herum war, dass er wandern sollte, schenkte ihm der Meister einen Krug, der gar kein besonderes Ansehen hatte und von gewöhnlichem Glase war; aber er hatte eine gute Eigenschaft. Wenn man es hinstellte und sprach: „Pilsken, zapf dich!“ so war das gute Krüglein auf einmal mit frisch gezapftem Warsteiner gefüllt, das war blonder noch als die Lorelei und trug ein festes Schaumhütchen, dass einem das Herz lachte. Der junge Gesell dachte: „Damit hast du genug für dein Lebtag“, zog guter Dinge in die Welt umher und bekümmerte sich gar nicht darum, ob ein Wirtshaus gut oder schlecht und ob etwas darin zu finden war oder nicht. Wenn es ihm gefiel, so kehrte er gar nicht ein, sondern im Felde, im Walde, auf einer Wiese, wo er Lust hatte, nahm er sein Krüglein aus dem Rucksack, stellte es vor sich und sprach: „Zapf dich!“, und gleich war alles da, was sein Herz begehrte. Endlich kam es ihm in den Sinn, er wollte zu seinem Vater zurückkehren, sein Zorn würde sich gelegt haben, und mit dem Pilskenzapfdich würde er ihn gern wieder aufnehmen. Es trug sich zu, dass er auf dem Heimweg abends in ein Wirtshaus kam, das mit Gästen angefüllt war; sie hießen ihn willkommen und luden ihn ein, sich zu ihnen zu setzen und mit ihnen zu trinken, sonst würde er schwerlich noch etwas bekommen. „Nein“, antwortete der Brauergesell, „eure Plörre könnter alleine saufen, lieber sollt ihr meine Gäste sein.“ Sie lachten und meinten, er triebe seinen Spaß mit ihnen. Er aber stellte sein Krüglein mitten in die Stube und sprach: „Pilsken, zapf dich!“

Augenblicklich lief es mit frischem Warsteiner voll, so gut, wie es der Wirt nicht hätte herbeischaffen können. „Hauruck die Waldfee!“, sprach der Brauer, und die Gäste ließen sich nicht zweimal bitten und schluckten, als gäbe es kein Morgen. Und was sie am meisten verwunderte: Wenn das Krüglein leer geworden war, zapfte es sich gleich von selbst wieder voll. Der Wirt stand in einer Ecke und sah dem Dinge zu. Er wusste gar nicht, was er sagen sollte, dachte aber: „Ein solches Krüglein könntest du in deiner Wirtschaft wohl brauchen.“ Der Brauer und seine Gesellschaft waren lustig bis in die späte Nacht; endlich legten sie sich schlafen, und der junge Geselle ging auch zu Bett und stellte sein Krüglein auf den Fußboden. Dem Wirte aber ließen seine Gedanken keine Ruhe. Er

holte ein anderes Krüglein unter der Theke hervor und vertauschte es mit dem Zauberglase.

Am andern Morgen packte der Brauer sein Krüglein in den Rucksack, dachte gar nicht daran, dass er ein falsches hätte, und ging seiner Wege. Zu Mittag kam er bei seinem Vater an, der ihn mit großer Freude empfing. „Nun, mein lieber Sohn, was hast du gelernt?“ sagte er zu ihm. „Vater, ich bin ein Brauer geworden.“ – „Ein gutes Handwerk!” erwiderte der Alte; „Aber was hast du von deiner Wanderschaft mitgebracht?“ – „Vater, das Beste, was ich mitgebracht habe, ist das Krüglein hier.“ Der Vater betrachtete es von allen Seiten und sagte: „Wie? Das schäbbige Glass hier?“ „Aber es ist ein Pilskenzapfdich“, antwortete der Sohn; „Wenn ich es hinstelle und sage ihm, es solle sich zapfen, so steht dort gleich ein edles Warsteiner mit töfftem Feldwebel. Ladet nur alle Verwandten und Freunde ein, die sollen sich einmal laben und erquicken, denn das Krüglein stillt selbst den größten Sauerländer Durst.“ Als die Gesellschaft beisammen war, stellte er sein Krüglein mitten in die Stube und sprach: „Pilsken, zapf dich!“ Aber das Krüglein regte sich nicht und blieb so leer wie die Stadtkasse von Altena. Da merkte der arme Geselle, dass ihm das Krüglein vertauscht war, und schämte sich, dass er wie ein Lügner dastand. Die Verwandten aber lachten ihn aus und mussten durstig und nüchtern wieder heim wandern. Der Vater verschwand grimmig auf seinen Hochsitz tief im Walde, und der Sohn ging schnurstracks in die nächste Gaststätte.

Der mittlere Spross war zum Wurstmacher Metten nach Finnentrop gekommen und bei ihm in die Lehre gegangen. Als er seine Jahre herum hatte, sprach der Meister: „Weil du dich so wohl gehalten hast, schenke ich dir eine Blechdose von einer besonderen Art. Sie enthält keine Möchtegernwurst im zarten Saitling und keine Cocktail-würstkes, wie nur Wichtel sie mögen!“ „Was steckt denn dann Gutes darin?“ fragte der junge Geselle. „Sauerländer Knacker“, antwortete der alte Metten. „So dick, so saftig und so lecker, dass Männer ihr Geld und Frauen ihre Tugend dafür hergeben. Wenn du die Dose auf einen Tisch stellst und sprichst: ‚Knackediknack!' so geht ihr der Deckel auf und dir leuchten stets die weltbesten Würste entgegen.“ – „Das ist eine schöne Sache“, sprach der Geselle, dankte dem Meister und zog in die Welt. Wenn er Hunger hatte, brauchte er nur „Knackediknack!“ zu sagen, so öffnete die Wunderdose ihr wieder verschließbares, rotes Deckelchen und schenkte ihm Sauerländer Knacker bis zum Abwinken. Als er sich eine Zeitlang in der Welt umgesehen hatte, dachte er: „Du musst deinen Vater aufsuchen; wenn du mit so einer guten Wurst kommst, wird er seinen Zorn vergessen und dich gut aufnehmen.“

Es trug sich zu, dass er in dasselbe Wirtshaus geriet, wo seinem Bruder das Krüglein vertauscht worden war. Der Wirt wollte gerade einen Teller Dickebohnen bringen, als ihn die Neugier übermannte und er seinem Gaste durch's Schlüsselloch in die Schlafstube lugte. Der Fremde stellte eine bunte Wurstdose auf den Tisch, rief: „Knackediknack!“ und augenblicklich wuchsen die dicksten und saftigsten Knackwürste aus der Dose, die der Wirt je gesehen hatte. „Ei der Tausend!“, dachte dieser, „So ein Dösken ist nicht übel! Da kann ich meinen Gästen alle Tage reichlich auftischen, ohne jemals wieder beim ALDI zu müssen!“ Dann klopfte er an, stellte seinem Gast die Dickebohnen auf den Tisch und spürte, wie ihm das Wasser im Munde zusammenlief, als dieser sich nach Sauerländer Art zwei kleingeschnittene Würste unter die warmen Bohnen schnippelte. Wie der Wurstmacher aber endlich schlief, stellte ihm der gemeine Wirt eine bunte Billigdose auf den Tisch und versteckte die Knackediknackdose in einem Schranke.

Den folgenden Morgen in der Frühe zog der Geselle weiter und meinte, er hätte seine Zauberdose eingepackt. Mittags kam er bei seinem Vater an, der sich freute, als er ihn wieder sah, und ihn gern aufnahm. „Was issen aus dich geworden, mein Sohn?“ fragte der Alte. „Ein Wurstmacher, lieber Vatta.“ antwortete er. „Was hast du von deiner Wanderschaft mitgebracht?“ – „Weiter nichts als eine Dose Wurst.“ „Willste mich veräppeln?“ fragte

der Vater, „Nach all den Jahren bringste deim Pappa nur somm paar össeliche Würstkes mit?“

„Nu wartes ma app!“ antwortete der Sohn, „Es ist keine gewöhnliche Dose, sondern eine wiederverschließbare Wunderdose; wenn ich sage: ‚Knackediknack!' so wachsen aus ihr Sauerländer Knacker, die hasse dein Lebtach nonnich gesehn, woll! Ruf ruhig die bucklige Verwandtschaft, ich mache sie alle pappsatt!“ „Das lass' ich mir gefallen“, sagte der Vater, „denn seit dem Reinfall mit dem Pilskenzapfdich is dein Onkel Erwin immer schwer am Lästern zugange!“ Sobald die Verwandten beisammen waren, ließ sie der Wurstmacher Platz nehmen, stellte die Wurstdose auf den Tisch und rief: „Knackediknack!“ – aber es waren keine Finnentroper Knackwürste, die aus der Dose sprangen, sondern nur der Goldhamster der Wirtstochter, der sich darin ein Nest gebaut hatte. Da machte der arme Geselle ein langes Gesicht, sah, dass er betrogen war, und bat die Verwandten um Verzeihung, die so hungrig heimgingen, wie sie gekommen waren. Dem Jägermeister klang noch tagelang Onkel Erwins spöttisches Gelächter in den Ohren, und sein Sohn war so verzweifelt, dass er einmal im Monat fleischlos kochte.

Der dritte Bruder war im Heyne-Haus in Plettenberg als Zigarrenmacher in die Lehre gegangen, und weil es ein hartes Handwerk ist, musste er am längsten lernen. Seine Brüder aber meldeten ihm per Buschtrommel, wie es ihnen ergangen wäre und wie sie der Wirt noch am letzten Abend um ihre schönen Zauberdinge gebracht hatte. Als der Zigarrenwickler nun ausgelernt hatte und wandern sollte, schenkte ihm sein Geschäftsführer ein Holzkistchen und sagte: „Es liegt eine dicke Zigarre darin.“ „Das Kistchen willich wohl mitnehmen“, sprach der Gesell, „aber was soll ich mit nur einer einzigen Zigarre? Die hab ich bis zum Mittag schon weggeschmaucht!“ – „Das will ich dir sagen“, antwortete der Meister, „hat dir jemand etwas zuleide getan, so sprich nur: ‚Feuer frei!' – gleich springt dir die Zigarre heraus unter die Leute und ömmelt und knastert die Bude voll, bis

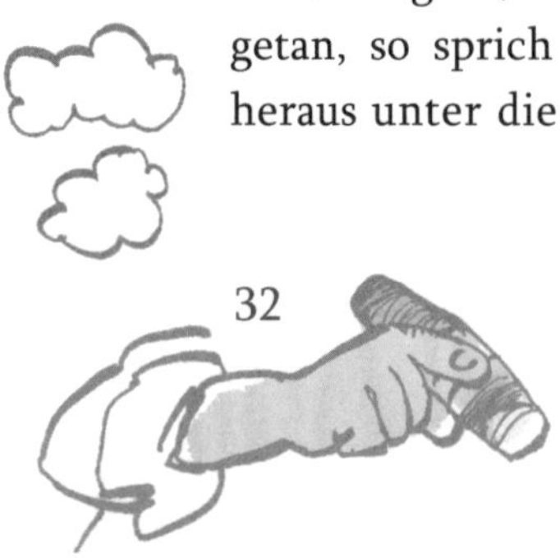

alle sich kröchzend und weinend auf dem Boden winden. Die Zigarre hört aber nicht eher auf zu melmen, als bis du sagst: ‚App inne Kiste!'"

Der Gesell dankte ihm, steckte das Kistchen in sein Wams, und wenn ihm jemand zu nahe kam und auf den Leib wollte, so sprach er: „Feuer frei!" Alsbald sprang die Zigarre heraus und qualmte und muffte, dass den Angreifer die Lungenflügel wie Espenlaub zitterten und sie hustend davon liefen.

Der jüngste Sohn langte zur Abendzeit in dem Wirtshaus an, wo seine Brüder waren betrogen worden. Er legte sein Kistchen vor sich auf den Tisch und fing an zu erzählen, welche Abenteuer er auf seiner Wanderschaft erlebt hatte. „Wisster", sagte er, „die einen hamm villeicht ein Pilskenzapfdich oder eine Wunderwurstdose – sollnse meinezwegen. Aber das ist allens nix gegen den Schatz in meim schönen Zauberkistchen hier, woll." Der Wirt spitzte die Ohren: „Was in aller Welt mag das sein?" dachte er, „Das Kistchen ist wohl mit lauter Edelsteinen angefüllt; das muss ich auch noch haben, denn aller guten Dinge sind drei." Als Schlafenszeit war, streckte sich der Gast auf die Bank und legte seine Füße auf das Kistchen. Der Wirt, als er meinte, der Gast läge in tiefem Schlaf, ging herbei, rückte und zog ganz sachte und vorsichtig am Kistchen, ob er es vielleicht wegziehen und ein anderes unterlegen könnte. Der Zigarrenmacher aber hatte schon lange darauf gewartet; wie nun der Wirt eben einen herzhaften Ruck tun wollte, rief er: „Feuer frei!" Alsbald fuhr die Zigarre heraus, ömmelte los und fuhr dem Wirte wie ein Lungentorpedo zwischen die Lippen, dass es eine Art hatte. Der Wirt röchelte um Erbarmen, versuchte, auf Backe zu rauchen, aber je mehr er röchelte, desto kräftiger inhalierte er den Zigarrenqualm bis er endlich erschöpft zu Boden fiel. Da sprach der Geselle: „Lassma wacker das Pilskenzapfdich und die Wunderdose rüberwachsen, sonnz verpassich dir nochma die Zigarre!" „Ach nein", rief der Wirt ganz kleinlaut, „ich gebe alles gern wieder heraus, lasst nur die stinkende Fehlfarbe wieder ins Kistchen hüpfen!“ Da sprach der junge Mann: „App inne Kiste“ und ließ den Wirt zu Atem kommen.

Am andern Morgen zog der Zigarrenmacher mit dem Pilskenzapfdich und der Wunderwurstdose heim zu seinem Vater. Weil der nun gerade am Schlachten war, stellte der jüngste Sohn den gläsernen Bierkrug, die Wurstdose und die Zigarrenkiste auf den Küchentisch und ging erst einmal unter die Brause. Als er wieder zurück in die Küche kam, da saß dort sein Vater und freute sich, seinen Jüngsten endlich wieder zu sehen. Er fragte auch ihn, was er in der Fremde gelernt hätte. „Lieber Vater“, antwortete dieser, „ich bin ein Zigarrenmacher geworden.“ – „Selberdrehen ist ein kunstreiches Handwerk!“ sagte der Vater; „Was hasse mir denn vonner Wanderschaft mitgebracht?“ Aber potzblitz! Wie der Sohn sich umblickte, da standen die Zauberdinge nicht mehr am vorherigen Platze und waren nirgends zu sehen. „Ei Vater“, fragte der Sohn, „wo sind denn all die schönen Dinge, die ich auf den Tisch gelegt hatte?“ „Du bis mir lustich“, erwiderte der Vater, „Das versiffte Glas is inner Spülmaschine, auf der Wurstdose war kein Haltbarkeitsdatum, da habbichse inne Tonne gekloppt. So! Und den ollen Stumpen musstich dem Müllmann schenken, weil ich die dämliche Dose versehentlich beim Hausmüll getan hatte, du Peias!“

Sofort sprang der jüngste Sohn zur Spülmaschine und riss ihr die Türe auf. Das Pilskenzapfdich funkelte zwar blitzeblank, aber weil es nicht spülmaschinenfest gewesen war, hatte es seine Zauberkraft verloren. Herrjemineh! Der Zigarrenmacher war sprachlos, und als die Brüder nach Feierabend ins Haus kamen, erzählte er allen, wie er die Zauberdinge zurück gewonnen und dann durch die Dummheit des Vaters wieder verloren hatte. „Och weisste“, sagte der älteste Bruder, „Ich dachte eh, das Glas wäre weg. Und wie man Warsteiner braut, das hat mir schließlich der alte Cramer persönlich beigebracht!“ Der Mittlere stimmte ein: „Ich brauch auch keine Wunderdose, denn ich kann wursten wie die Finnentroper!“ Da lachte der Jüngste von ganzem Herzen und rollte jedem eine besonders feine Zigarre. Am Abend saßen alle vier fröhlich schmeukend in der Wohnstube und spielten so lange vergnügt Doppelkopf bis Fuchs und Hase zum Fenster hinein schauten und ihnen gute Nacht sagten.

*Ja, ja, mein kleiner Freund,*
*wir Sauerländer brauchen nämlich keine großen Wunder,*
*denn wir sind schließlich selber eins!*

# DAS SÄNGERFEST AUF BURG ALTENA

Graf Adolf sucht den Minnestar

Wer mit seinem Eselskarren die Lenne hinaufzieht oder von Dahle aus die Schäfchen schnurstracks nach Westen treibt, vor dem türmen sich alsbald die mächtigen Mauern der Burg Altena. Neunmalkluge Historiker verbreiten seit langem das Gerücht, das gewaltige Bauwerk stünde dort nicht seit aller Ewigkeit, sondern die Burg wäre in ihrer heutigen Form ungefähr der selbe Jahrgang wie Heinrich Lübke. Wer sich aber unter das Volk mischt und in den Gaststätten am Fuße der Burg ein Pfeifchen mit den osmanischen Tuchhändlern schmaucht, der hört schon bald die alten Legenden, die sich um dieses Meisterwerk hochmittelalterlicher Baukunst ranken. Die schönste Geschichte von allen, so scheint es mir, ist die vom Sängerwettstreite anno 1205.

Nachdem die Grafen von der Mark auf dem Wulfseck in Altena ihre prächtige Burg erbaut hatten, standen sie auf deren Zinnen und blickten stolz über die endlosen Berge des Sauerlands. Dann ritten die hohen Herren über die Mittlere Brücke zum Kicküm, besahen ihren neuen Stammsitz vom anderen Lenneufer aus und beschlossen, dass alles Wohl geraten sei. Auf dem Rückweg kehrten sie im Café Merz in der Bahnhofstraße ein, um sich dort ein Kännchen Kaffee einzuverleiben. Graf Adolf der Erste stand noch sinnierend an der Tortentheke, als ein Bote des Thüringer Landgrafen Hermann des Ersten ihm eine Depesche überbrachte. Darin bat ihn sein thüringischer Grafenkollege, doch bei der Vorbereitung zum Wettstreit der Minnesänger auf der Wartburg zu helfen. Aus Mangel an Herbergen und wohl auch an Zeit könne er schließlich nicht ganze Völkerscharen zum Wettminnesingen laden, sondern nur die Besten der Sangeszunft, geordnet nach Landsmannschaften. „Potztausend!“, entfuhr es dem Grafen von der Mark, und er sprach zum Boten: „Reite geschwind zurück und bringe deinem Herrn die frohe Botschaft, dass wir auf unserer Burg Altena gern die Sauerländer Vorentscheidung des Sängerwettstreits veranstalten! Der Sieger soll eine Krone aus purem Messing und einen Beutel voller Dukaten erhalten.“

Ein Edelmann, ein Wort. Eilends wurden Brieftauben ausgeschickt, die im ganzen südlichen Westfalen die Nachricht vom großen Sangeswettbewerb verbreiteten. In wenigen Wochen wusste das süderländische Volk Bescheid, und ein Tross lärmender Menschen zog aus allen Teilen des Landes gen Altena. An den Ufern der Lenne entstand eine weiße Stadt aus Zelten, und viele Einheimische schwören, dass in dieser Zeit auch das Altenaer Schützenfest seinen Ursprung fand.

Um der sangesfreudigen Ritter, Bauern und Strauchdiebe Herr zu werden, berief Adolf der Erste eine Jury aus versierten Meistern der Minnekunst an seinen Hof, auf dass sie ihn unterstützten. Aus dem hohen Norden kam Dietherr von Ohle, ein gefürchteter Komponist und Saitenschinder, dem der Graf für seine Dienste eine sauerländische Perle versprochen hatte. Aus dem Osten ritt der Soester Mohr heran, ein maurischer Zauberer des Tanzes. Dem Mohren eilte ein guter Ruf voraus, da er den Schnadegang für die Eingeborenen von Brilon erfunden hatte und er zudem den einbeinigen Ententanz beherrschte.

Die erste Woche des Wettkampfes fand im Bergfried der Burg statt. Um die Zeremonie zu verkürzen, hatte Adolf in weiser Voraussicht eine Falltür mitten in den Fußboden des Dicken Turmes bauen lassen, unter der sich das gräfliche Verlies befand. Jeder Künstler musste sich bei seinem Vortrage auf die hölzerne Klappe stellen, und im Falle des Versagens würde ihn die Jury mittels eines Hebelchens durch die Falltür schnurstracks nach unten rauschen lassen.

Viele Minnesänger schauderte es bei diesem Gedanken, so dass das Loch im Dicken Turm der Burg bis auf den heutigen Tag als Angstloch bezeichnet wird. Und wer's nicht glaubt, der blicke sogleich ins Internetz und schweige dann still für immer.

An einem grauen Morgen des Jahres 1205 saßen die drei Minnerichter an einer Eichentafel im Dicken Turm und warteten auf die ersten Darbietungen. Als erstes betrat Ferdi von der Vogelweide den Raum und stellte sich mit breiter Brust auf das Angstloch. „Mein Bruder ist schon für die Wartburg qualifiziert, und ich ..." Rumms! tat sich die Falltür auf, und der Sangesmann verschwand nach unten. „Ei der Daus!" entfuhr es Dietherr von Ohle, „Da bin ich wohl irgenzwie aus Versehen an das Hebelchen gekommen!"

„Der Nächste, bitte!" rief der Graf, und ein weiterer Hoffnungsvoller versuchte, die hohen Herren zu betören. Damit das Volk nicht murrte, gab es am Ende jedes Minnetages ein Zuhörervoting. Die Tagessieger mussten vom Burgturm aus in die wartende Menge springen. Wenn sie gut gewesen waren, fing das Volk sie johlend auf. Wenn nicht, dann nicht. Viele, viele Vorträge und viele, viele Falltüren später waren endlich nur noch drei sauerländische Minnekünstler für das Finale übrig: Ritter Foffo vom Klusenstein, Müller Klute aus Eslohe und Meinulf von Peperburg, der blonde Barde aus Grevenbrück. Die Juroren aber waren der endlosen Vorträge müde, und derenthalben beschloss Graf Adolf, das Volk selbst über den Sieger befinden zu lassen. Auf sein Geheiß hin wurden die Tore der Burg weit geöffnet, auf das die Schaulustigen sich im Hofe der Burg ergötzen und ihre Wahl für den besten Vortag treffen konnten.

In Windeseile strömte eine gewaltige Schar Schaulustiger in den Burghof, um dem Finale des Wettstreites beizuwohnen. An eilends zusammengenagelten Schanktischen wurde frischer Hopfensaft feilgeboten, und man ließ sich allenthalben fein geröstete Fichtennadeln dazu schmecken.

Als erstes war Müller Klute an der Reihe, der ganz in weiß auftrat, weil er sich zur Belustigung des Volkes in feinstem Roggenmehl gewälzt hatte. Er nahm seine Holzschuhe in beide Hände und ließ das Zunftlied der Sauerländer Müller erklingen: „Es klappert die Mühle am rauschenden Bach, klipp klapp, bei Tag und bei Nacht ist der Müller stets wach, klipp klapp“. Bei jedem Klippklapp schlug er seine hölzernen Pantinen kräftig aneinander, dass das Mehl nur so staubte. Da das einfache Volk einfache Lieder liebt, zogen viele Zuschauer ebenfalls ihre Holzschuh aus und machten vergnügt mit beim lustigen Klippen und Klappen. Am Ende des Müllerlieds kannte das Johlen rund im Burghof keine Grenzen, und der gute Klute rieb sich aus Vorfreude auf Krone und Dukaten schon die mehligen Hände.

Nun war es an Ritter Foffo, seine Minnekunst zu beweisen. Er gab die „Schützenliesel“ zum besten, das Lieblingslied seiner Hönnetaler Armbrustkompanie. Der kühne Recke hob sein Schwert hoch in den Himmel, dass es nur so funkelte und blitzte. Dann holte er tief Luft und sang im tiefsten Raubritterbass: „Schützenliesel, dreimal hat's gekracht!“ Um dem Volke eine Schau zu bieten, hatte er drei der Kanonenschützen auf Burg Altena ein paar Groschen zugesteckt. An der Stelle, wo es nun im Liede heißt: „… dreimal hat's gekracht!“, ließ er sein Schwert zum Zeichen an die Kanoniere niedersausen, und von den Burgzinnen donnerte ein dreifaches „Bumm, bumm, bumm“ über das Lennetal. Wie es das Volk aber nun das Schwert blitzen sah und das Donnern hörte, deuchte sie, es nahe ein Unwetter. So eilten sie alle nach Hause, um das Heu einzufahren und die Kühe in die Ställe zu bringen. Als sie Tage später wieder nach Altena zurückkehrten, trugen sie Ritter Foffo arg nach, dass er sie so gefoppt hatte, und seine Aussichten auf die Sauerländer Sängerkrone schmolzen wie der Aprilschnee auf dem Kohlberg.

Als Letzter trat nun Meinulf von Peperburg auf, der Heldentenor aus Grevenbrück. Wie er sich im rotem Wams und blauem Umhang stolz den Gaffern präsentierte und sein wallendes blondes Haar schüttelte, begann ein Raunen, da viele dumme Bauern Grevenbrück im Rothaargebirge wähnten. Meinulf wusste genau, wie er die Herzen und Stimmen des Volkes erobern konnte. Er hob seine Arme, breitete dabei seinen blauen Umhang aus und rief: „Brüder und Schwester aus den grünen Tiefen der Sauerländer Wälder! Ich muss getz leider wech, heute Ahmd habbich Gesangsverein in Grevenbrück, da mussich meine Stimme für schonen. Machenwes kurz: Wer getz soffort für mich abstimmt, krichten Pils!“ Da reckten alle Menschen zugleich ihre Arme in die Luft und wählten Meinulf einstimmig zum Sieger des Sängerwettstreites, denn du musst wissen, dass einem echten Sauerländer der eigene Durst stets näher ist als sein Gewissen.

Graf Adolf von der Mark setzte Meinulf die güldene Messingkrone auf dessen blonde Mähne und reichte ihm den prall gefüllten Geldbeutel. Unter Anleitung des Soester Mohren tanzte das trunkene Volk noch vier Tage lang, bis Meinulfs Dukaten allesamt verprasst waren. So endete der Sängerwettstreit auf Burg Altena.

Noch heute erinnert das Wappen der Burgstadt an dieses große Ereignis. Einfach umblättern zur nächsten Seite, wenn du ein Einser in der nächsten Wappenkundearbeit einheimsen willst!

Unten siehst du das schöne Altenaer Stadtwappen. Im Vordergrund liegt das holprige Kopfsteinpflaster des alten Burgwegs, dahinter grinst Meinulf mit der Siegerkrone. In seinen Händen hält der blonde Recke die Insignien der unterlegenen Minnesänger: Rechts knarrt das Mühlrad von Müller Klute, links blitzt Ritter Foffos treues Schwert.

*Was fragst du da, mein liebes Kind?*
*Wie Meinulf von der Peperburg*
*1206 beim Sängerkrieg auf der Wartburg abschnitt?*
*Keine Ahnung, dazu gibt es leider keine Aufzeichnungen,*
*denn die Thüringer konnten damals zwar schon lesen,*
*aber noch nicht schreiben, woll!*

# DAS WUNDER VON MEINERZHAGEN

## Legende vom Heiligen Ömmes

Wie ihr alle wisst, war das Hochsauerland schon lange vor Christi Geburt durch und durch katholisch. So wurde es jedenfalls meiner Ur-Ur-Ur-Ur-Großmutter von ihrem Frisör erzählt, und der musste es schließlich wissen, denn dem sein Bruder kannte einen von der höheren Schule.

Im Märkischen Sauerland ging es hingegen überwiegend gottlos zu, die Menschen tranken zu viel, prügelten sich häufig, arbeiteten ungern und tauschten beim Schützenfest ihre Eheweiber untereinander. Böse Zungen behaupten sogar, dass sich daran bis heute nichts geändert habe.

Diese unchristlichen Zustände waren dem Lieben Gott natürlich ein Dorn im Auge. Vor allem aber störte ihn, dass die Märkischen im Gegensatz zu den Arnsbergern sonntags nur einmal in die Kirche gingen. Also schickte er den Heiligen Ömmes als Wunderprediger zu ihnen, um die Schwachgläubigen zu stärken, die Zweifler zu überzeugen und die Ketzer zur Umkehr zu bewegen.

Auf seiner Mission erreichte der heilige Mann auch Werdohl und erregte dort schon durch seine langen Haare erhebliches Aufsehen. „Was hass du denn für ne Matte? Siehs ja aus wie unser Inge!" lästerte der erste Werdohler bereits nach kurzer Zeit. „Kumma, der hat Jesuslatschen anne Mauken!" rief ein vorwitziger Jaust und begann, um den Fremden herumzutanzen. „Jesuslatschen! Jesuslatschen!" Der heilige Mann aber ließ sich nicht von den Spöttern beirren und ging schnurstracks zur evangelischen Kirche, nicht, weil man ihn dort dringender brauchte, sondern weil man mit Sandalen so schlecht den Eggenpfad bis zur katholischen Kirche hochkommt. Der Pastor stand

schon vor dem Gotteshaus und freute sich über den hohen Besuch. „Oherroherr, gut dasse da bis! Die Werdohler kommen nur noch bei Regen inne Kirche und verlangen Pils statt Messwein. Kannze villeicht ein Wünderken bewirken, damittse wieder tüchtig am Glauben fangen?"

Der Wunderprediger dachte kurz nach und ließ dann einen Kranken suchen, damit er ihn vor aller Augen heilen könne. Rasch war Heini Lengelsen gefunden, der es schon seit geraumer Zeit schwer im Kreuz hatte und in der Mitte wie abgeknickt aussah. Ömmes setzte ihn auf einen Stuhl, schaute ihn an und sprach: „Erhebe dich und gehe von dannen, du wirst fortan keinen Schmerz mehr spüren." Heini jedoch war noch zwei Wochen krank geschrieben, daher kam ihm das mit der wundersamen Heilung gar nicht zupasse. „Also, ehrlich gesacht habbich immer noch zimmiche Piene!" gab er vor. Doch bevor der Heilige Ömmes den Lügner entlarven konnte, trat Doktor Dröge, Heinis Hausarzt dazu. „Was gippt das denn hier, wennes fertich is? Willze mich arbeitslos machen, Männeken?" pflaumte er Ömmes an. „Der Mann ist geheilt und kann ohne Mühe seinem Tagwerk nachgehen." erwiderte dieser. Da ließ sich Heini Lengelsen vom Stuhle fallen und jammerte noch lauter als je zuvor. Die Werdohler hoben ihn auf und trugen Heini auf den Schreck hin ohne Umwege in die nächste Kneipe. Der Dockter drohte dem Heiligen mit einer Anzeige bei der AOK und folgte der Gruppe dann zum Zapfhahn. „Es gibt Menschen, denen ist nicht mehr zu helfen!" seufzte Ömmes und machte sich auf den Weg, woanders sein Glaubenswerk zu verrichten.

Bei Lüdenscheid kam er über den Nattenberg, wo in jenen Tagen noch Zweitligaspiele stattfanden. Ömmes setzte sich auf die Tribüne und bestaunte gerade mit vielen anderen die Künste des berühmten Clute-Simon, als plötzlich ein lautes, gottloses Fluchen an sein Ohr drang. „Der Teufel soll dich holen!" schrie der Platzwart die Marketenderin an, die sich um das leibliche Wohl der Zuschauer

kümmern sollte, „Zwei Grillwürste und fünf trockene Toastbrote, da kriegen we doch keine fünftausend Leute von satt!“ Worauf die Gescholtene erwiderte: „Och weisste, wennwe die Wurst schön dünn schneiden, dann kommenwe schonn damit dar!“

Da trat der Heilige zwischen die Streithähne und sprach: „Lasset den Teufel aus dem Spiel und ich mache die Menschen durch die Kraft des Glaubens satt, ihr Gottlosen! Gehet hin, grillet die Wurst, brechet das Brot, und ihr werdet sehen, es wird reichlich von allem sein für die Fünftausend.“ Und wie der Pfiff zur Halbzeit ertönte und die

Sauerländer Zuschauer zum Grille traten, da gab es wie durch ein Wunder genug für einen jeden. Leider aber nicht das Richtige. „Das Toastbrot is ja frisch! Bei ne Wurst gehört trocken Brot!“ meuterten die einen. „Da sind ja keine Knorpel inner Bratwurst! Die kommt bestimmt nich von hier!“ lästerten die anderen. Und weil Ömmes beim Wunderwirken auch noch den Senf vergessen hatte, flogen den braven Sportskameraden alsbald die Pappteller nur so um die Ohren und ein großes Handgemenge begann. „Der da mitti langen Lotzen is allem im Schuld!“ rief der Platzwart und zeigte Richtung Wunderprediger. Dieser aber hatte sich schon längst kopfschüttelnd auf den Weg gemacht.

Am nächsten Tage traf er vor dem Standesamt in Meinerzhagen auf eine große Hochzeitsgesellschaft. „In welcher Kirche lasst ihr euch denn später trauen?“ fragte er die Braut. „Och, Kirche, da sindwe hier nich so für.“ erwiderte diese. „Die Kirchensteuer frisst uns eh schonn de Haare vom Kopf, da wollnwe dem Passtor nich noch extra was inne Kralle drücken, woll!“ Ömmes war entsetzt, doch bevor er etwas sagen konnte, nahm ihn die fröhliche Brautgesellschaft schon mit zur großen Feier in das Haus der Brauteltern. Um die eigenen Kosten zu senken, hatte man dort aber ganz am falschen Ende gespart und fässerweise dünnes Kölsch einkauft. Schon nach wenigen Gläschen war das Gejammer groß, denn rheinische Plörre wird in Meinerzhagen eigentlich nur zum Löschen von Bränden und bei großer Dürre zum Tränken der Kühe gebraucht. Wie die Stimmung böse zu kippen drohte und erste Hocker flogen, befahl der wundertätige Heilige den Gastgebern, auf sein Geheiß hin die Bierkrüge zu den Tischen zu tragen und den Verwandten einzuschenken. Und siehe da, wie die Brauteltern das Kölsch in die Gläser gossen, wurde daraus allerbestes Pilsener. Die Gäste schauten verdattert in die Gläser, dann auf Ömmes, dann hoch zum Himmel. „Kerrokiste, ist das Veltins?“ fragte als erstes Onkel Paul und schleckte sich den Schaum vom Schnurrbarte. „Meins schmeckt nach Krombacher!“ rief seine Frau Ilse und ließ sich gleich noch einmal einschenken. „Könnten sie villeicht auch Warsteiner, die Königin unter den Bieren?“ wandte sich der Brautvater an den heiligen Mann. „Aber sicher, guter Mann!“ sprach der Wunderprediger Ömmes, „Schenkt nur aus, es wird jedem hier nach seinem Geschmacke munden!“ Und so tranken sie und feierten nach Herzenslust, ohne Zank, ohne Prügelei und jegliche märkische Ungebahren. Wie am nächsten Morgen die Hähne krähten und alle gähnend erwachten, da bemerkten die Meinerzhagener erst das größte Wunder, das der Heilige Ömmes bewirkt hatte, denn sie spürten weder gemeinen Kopfschmerz, noch Übelkeit, noch kölsches Sausen im Gedärm.

Großer Jubel brach nun aus unter der Gesellschaft, und sie knieten nieder vor dem Heiligen Manne, um sich bei ihm für das

Wunder von Meinerzhagen zu bedanken. „Bedankt euch nicht bei mir, ihr guten Leute, bedankt euch beim lieben Herrgott, dass er eurer Heimat so weiches Wasser geschenkt hat, und bei den gläubigen Hochsauerländern, dass sie so himmlisch zu Brauen verstehen!" Dann schnürte er die Jesuslatschen, wand sich das Haar zum Zopfe und wanderte seines Weges. „Wassen netten Kerl", seufzte Tante Ilse, „trotz seine langen Lössen auffem Kopp!"

*Der Heilige Ömmes gilt seit jenem Tag überall im Sauerland*
*als Schutzpatron der Zapfhähne und Kapselheber.*
*Sollte aber einer von euch versehentlich Fremdpils oder*
*Auslandsbräu trinken und es am nächsten Tage arg bereuen,*
*dann wird euch Einfältigen auch Beten nicht helfen!*

# DIE RACHE DES IMKERS

## Geschichte mit Sauerländer Bienenstich

Dort, wo sich im Sauerland Fuchs und Tollwut gute Nacht sagen, da erzählt man sich noch heute die Mär vom alten Imker Siepenbrink, der nur kurz zur Sparkasse wollte und dabei so fuchsteufelswild wurde, dass die Menschen im Sauerland sich noch heute beim Muckefuck kurz davon erzählen.

Der alte Siepenbrink war Waldimker und viele sagen, dass er dabei einen leichten Stich abbekommen hatte. Tagein, tagaus verbrachte er bei seinen Bienenvölkern, summte mit dem Immen, brummte mit den Drohnen und thronte neben den Königinnen. Als echter Sauerländer war er mit wenig zufrieden und kam mit allem dar. Sein Honig wurde über die Grenzen des Sauerlandes hinaus gerühmt, und sein wabenechtes Skiwachs verhalf Jochen Behle aus Korbach zu großer Berühmtheit bei den Olympischen Spielen 1980.

Mit dem Imker lebte lange Jahre seine gläubige Schwester. Sie glaubte, dass es irgendwo den Richtigen für sie gab. Also wartete sie, dass er sie eines Tages finden würde. „Alter und Konfession egal, Hauptsache katholisch." hatte sie in der Lokalzeitung inseriert. Die Schwester kümmerte sich um die Hausarbeit und den Honigverkauf, während Siepenbrink meist zwischen seinen Körben und Kästen hockte, ein Pfeifchen schmauchte und Heftchen mit flotten Bienen drin las.

Einmal in der Woche ging die Schwester in die Stadt und bot den Honig und die Kerzen auf dem Wochenmarkte feil. Die Städter mochten den feinen Duft und den aromatischen Geschmack des Sauerländer Waldhonigs und bezahlten gern ein bisschen mehr dafür. Am Ende des Markttages ging die Schwester jede Woche zur Zeitung, um ihr Inserat aufzugeben. Dann kaufte sie Tabak und Bienenhefte für ihren Bruder, Ersatzklingen für ihren Hornhauthobel und zwei Kilo Graupen für die tägliche Brennsuppe. Was übrig war, brachte sie zur Sparkasse. Natürlich zur Sparkasse, denn Sauerländer trauen nur Banken, die rot sind und an Wanderwegen stehen.

Wenn die Schwester zu Weihnachten einmal Bargeld brauchte, für eine festliche Kittelschürze oder einen neuen Aufnehmer, wanderte sie in die Stadt, sagte dem netten Frollein von der Sparkasse, wie viel sie benötigte und bekam den gewünschten Betrag sofort ausbezahlt. Jaja, so einfach war das damals mit dem Gelde, und niemand hätte geahnt, wie bös die Geschichte einmal enden würde.

Eines schönen Sommers nämlich litt die Schwester an schwerer Maleste, der so genannten Sauerländer Krankheit. Also schickte sie Siepenbrink zum ersten Mal in seinem Leben in die Stadt, um an der Sparkasse Geld für den Quacksalber zu besorgen, da dieser Hausbesuche nur gegen Vorkasse und Bargeld machte. „Frag das junge Frollein mit dem netten Lachen, die kennt mich schon!“ hatte ihm die sieche Schwester aufgetragen. Wie er aber zur Sparkasse kam, da war die Sparkasse schon zu, das nette Frollein war daheim und statt ihrer bot nun ein Loch in der Wand seine Geldkünste an.

Imker Siepenbrink starrte das Loch an, das Loch starrte zurück. So starrten die beiden also, bis ein Mann sich hinter Siepenbrink stellte und nach einer halben Stunde begann, ungeduldig zu hüsteln. Der Imker wandte sich um zu ihm: „Die Spahkasse is zu! Wo haben die Halunken mein Geld vesteckt?“ Da zeigte der Mann auf das Loch und sagte: „Na, da drin!“ „Meine Fresse,“ sagte Siepenbrink, “wenn ich das meinen Bienen erzähle!“ Der andere schimpfte ihn einen blöden Kerl und drängelte sich unsanft vor. Dann streckte er seine Hände in das Loch, fuhrwerkte ein Weilchen darin, hielt Rummeldikatz! ein Sümmchen Geldes in der Hand und trollte sich. Der Imker aber hielt das Ganze nun für Zauberwerk, und da er sich keinen anderen Rat wusste, flüsterte er in das Loch: „Sesam öffne dich!“ Es passierte aber nichts und das Loch spie weder Geld noch Schätze aus. „Sesam öffne dich, Verdorrie noch einmal!“ bölkte er jetzt so laut, dass die Menschen stehen blieben und die Köpfe schüttelten. „Abarakababra! Simsalabimm! Mutabor!“ Doch das Loch muckte sich nicht und spie auch kein Geld.

Wie er nun tobte und lauthals Zauberworte ausstieß, da kam ein Polizist und erklärte ihm, er solle sich beruhigen und die Städter nicht mit seinem Gebölke ängstigen. „Die Sparkasse ist zu!“ schrie er den Wachtmeister an und zeigte auf das stumme Loch, „Mein Geld ist da drin! Ach, wenn doch nur die Schwester käme und mir hülfe!“ Da gab der Gendarm mit seinem Knüppelchen dem renitenten Siepenbrink einen leichten Denkanstoß und schickte ihn mit einer feinen Beule heim. Die Schwester bekam zur Maleste auch noch schwere Schnappatmung, als der Bruder ohne Bargeld daheim erschien. Doch wie er ihr schilderte, dass die Sparkasse leider geschlossen sei und man erst ein Zauberloch befragen müsse, um an die eigenen Taler zu kommen, da überkam sie trotz ihrer schweren Krankheit ein mildes Lächeln. „Das ist doch ganz einfach,“ sagte sie, und zeigte ihm ein Viereck aus hauchfeinem Plastik. „Du musst nur dieses Kärtchen benutzen, die geheime Nummer eingeben und schon kommt das Geld aus der Wand!“

Sie drückte dem Bruder das Kärtchen in die Hand und schickte ihn abermals ins Tal. Der Imker marschierte los und beschloss, das Loch mit Hilfe des Zauberkärtchens zu überwinden. Wie die Dunkelheit hereinbrach und die Bürger der großen Stadt beim Abendbrot saßen, kroch er auf allen Vieren unter den metallenen Automaten, erhob sich vorsichtig und linste dann hinein.

Und siehe da, in der Nacht schummerte grünes Licht im Loch und er konnte einen Schlitz, silberne Tasten und eine leuchtende Glasscheibe erkennen. Alles auf einmal war ihm zu viel, daher beschloss er, die Sache nacheinander zu bewerkstelligen, so wie ihm die Schwester aufgetragen hatte: Kärtchen, Taste, Geld. Doch wohin mit dem Kärtchen? Zum Glück kamen ein paar stramme Jäuster des Weges, die wollten auch ans Loch. Sie umringten den Bauern, schmäukten selbst gefertigte Glimmstengel und bliesen ihm den Rauch ins Gesicht: „Was wird dassen hier, wennes fertich is, Oppa?“ „Kruzzitürken!“ erwiderte der Imker, „Wo kommten hier mein Kärtchen rein?“ Der Wortführer der Jäuster zeigte auf einen leuchtenden Schlitz im Loch: „Na hier rein Oppa!“ Dann verlachten sie ihn und mahnten ihn zur Eile: „Lass knacken, du Döskopp!“

Der Alte nahm das Kärtchen, schob es in den Schlitz, und wie von Zauberhand gezogen sauste das kleine Viereck in den Schlund des Loches. „Kärtchen, geheime Nummer, Geld!" wiederholte der Imker dann leise für sich. Jetzt hatte er aber in all seinem Verdruss die geheime Nummer verloren, die seine Schwester ihm eingebläut hatte. Also nahm er allen Mut zusammen und drückte vier Mal auf die Taste mit der Zaubernummer 7 darauf. „Hallo?" rief er in das Loch, so wie „Könnte ich bitte mein Geld haben?" Als nichts passierte, probierte er es dreimal mit der Sechs, weil das die Zahl des Teufels war, und wiederholte sein Begehr. Wieder aber blieb das Loch still. Beim dritten Male versuchte er das Loch mit dem Geburtsjahr seiner Lieblingsbiene zu überlisten, doch umso lauter er bölkte, desto starrer schwieg das metallene Ungetüm.

Die Leute lagen nun bereits in ihren Fenstern und wunderten sich. Jetzt wurde es dem Alten wahrlich zu bunt und er schrie das Loch an, es möge ihm das Kärtchen der Schwester wiedergeben. Vergebens! Die grienenden Jäuster verhöhnten ihn: „Dreimal falsche Geheimnummer, Oppa! Das Loch hat dein Kärtchen gefressen!" Die schaulustigen Fensterkucker brachen in schallendes Gelächter aus. Der Imker krichte die Pimpernellen vor Zorn, schlug mit den Fäusten auf die Tasten und schrie: „Ach, wenn doch nur die Schwester käme und mir hülfe!" Da kam wieder der Gendarm, der gab ihm mit seinem blank polierten Stiefelchen einen leichten Denkanstoß ins Hinterteil, und schickte Siepenbrink mit schmerzendem Pöter nach Hause.

Die kranke Schwester aber schimpfte mit ihm, denn nun war zur Maleste und zur Schnappatmung auch noch faules Fieber gekommen und sie sah ihr Ende schon kommen. „Eile gleich morgen früh wieder hinunter zur Kasse, Bruder! Dann lassen sie bestimmt wieder Menschen ein und du kannst nach dem netten Frollein fragen und sie um Geld angehen!"

Gewünscht, getan. Der Imker marschierte also am nächsten Morgen zum dritten Mal in die große Stadt und schnurstracks in die geöffnete Sparkasse. Das nette Frollein stand schon hinter der Kasse und lächelte ihn an. „Tach auch, Frollein. Meine Schwester schickt mich. Ich soll Geld holen." „Haben sie ein Konto bei uns, mein Herr? Ich kenne sie nun leider gar nicht." „Ich kenne dich doch auch nicht, Mädken, ich weiß nur, du hass hier mein Geld. Und davon hättich gern was!"

Nun jedoch wurde das nette Frollein etwas ungehalten: „Wenn wir ihr Geld haben, müssten sie ja unsere Kundenkarte haben?" „Was hasse gesacht?" Ihre Finger beschrieben ein kleines Viereck in der Luft und sie schaute ihn an wie einen dummen Jungen: „So ein kleines Kärtchen, wissen sie. Kennt doch jedes Kind!" Der Imker rief ganz aufgeregt: „Ja Himmel, Arsch und Zwirn! Das Kärtchen steckt doch da draußen im Loch! Da, wo du auch mein Geld versteckt hat, du olle Hippe!" Das ehemalig nette Frollein wurde puterrot, drückte auf einen Knopf, und den Rest kannte der Imker schon. Wie er zum dritten Mal mit schmerzendem Hintern die heimische Stube betrat, lag die Schwester auf ihrem Sofa und war so schwach wie Blümchenkaffee. Sogar für den Fernsehapparat benötigte sie eine Fernbedienung, denn zum Aufstehen und Umschalten fehlte es ihr an Kraft. Siepenbrink besah die Ärmste und es packte ihn eine große Wut auf die Sparkasse, das Geldloch und die arroganten Städter.

Er zog dem Imkerschleier über, stellte sich mitten unter seine Bienenvölker, hob die Arme und summte und brummte solange, bis alle Immen und Drohnen als gewaltige braune Wolke über ihm kreisten. Dann zeigte er in Richtung Stadt, verfluchte sie und ihre Einwohner und führte die Bienenschwärme talwärts.

Die Bienen wetzten ihre Stacheln und zehn Minuten später fielen sie mit Siepenbrink in die große Stadt ein. Auf dem Marktplatze trennten sich die Schwärme. „Alle Immen, ran an die Kimmen!" befahl der Imker, und so stachen und piekten diese einen jeden in sein Hinterteil, der sich nicht rechtzeitig aus dem Staube machen konnte. Während überall ein großes Geschrei losbrach, marschierte der verschleierte Siepenbrink mit den Drohnen in die Sparkasse und rief: „Ich bin der Imker, Geld her oder es piekst!“ Wie die Drohnen nun so drohnten und dröhnten, da schlotterten dem unnetten Frollein die Knie wie Kastagnetten, und rupptitupp hielt der Imker ein Beutelchen blütenreinen Bargelds in der Hand. „Na siehsse, geht doch!“ nickte er der Sparkasserin zu und wünschte ihr noch einen guten Tag. Als Siepenbrink und seine Schwärme sich verzogen hatten, da gab es keinen Menschen im Sauerländer Städtchen, der nicht schwer zerbeult aussah und sich ausgiebig sein Hinterteil kratzte. Und das ist leider bis auf den heutigen Tag so geblieben.

Siepenbrink aber führte seine Bienenarmee im Triumphzug Heim, bezahlte seiner Schwester den Quacksalber und kaufte für sich selber ein ganzes Blech Bienenstich. Und wenn sie nicht gestorben sind, dann leben die beiden noch heute und machen feinen Sauerländer Waldhonig.

*Wo nun diese Sparkasse mit dem vermaledeiten Loch zu finden ist, fragst du? Wandere einfach durch das schöne Sauerland und sperr die Äuglein weit auf. Sobald du auf mürrische Eingeborene mit einem leichten Stich triffst, findest du die treue Sparkasse gleich um die nächste Ecke.*

# DER SENSENMANN VON REMBLINGHAUSEN

## Warum die Ziege im Hühnerstall Motorrad fährt

Vor langer, langer Zeit, als Remblinghausen noch ein Kirchspiel war und Remelinchusen hieß, lebte dort ein Bäuerlein namens Bartold Kreckenköttel. Der gute Kreckenköttel hatte ein Stückchen Land gepachtet, gleich da, wo heute das große Windrad sein lustig Liedchen singt.

Dort ließ er Erdäpfel gedeihen und erntete im Sommer das Heu für sein liebes Vieh. Im ganzen Kirchspiel galt er als besonders kluger Mann, da er nicht nur die dicksten Kartoffeln hatte, sondern statt mit einer Frau aus dem Dorfe mit einer schönen weißen Ziege zusammenlebte, die er Hitte nannte. Hitte meckerte zwar hin und wieder ein wenig, aber längst nicht so viel, wie man es von den Weibsbildern um Meschede sonst so kannte. Außerdem war sie sparsam im Unterhalt und gab immer frische Milch für Kreckenköttels Stippsuppe.

Von seinem Häuschen aus konnte der gute Bartold bis hinunter zum Hennesee blicken, und nach getaner Arbeit saßen er und seine Hitte oftmals zufrieden auf dem kleinen Holzbänkchen hinterm Hause, blinzelten in die Abendsonne über dem See und knusperten Malzbonbons. So führten die beiden ein zufriedenes Leben und waren den anderen Bauern gute Nachbarn.

Wie aber die Jahre so vergingen, wurden die beiden natürlich immer älter. Das Bäuerlein bekam einen recht krummen Rücken, der ihn arg plagte, und Hitte meckerte nur noch an Sonntagen, weil sie das Meckern so anstrengte.

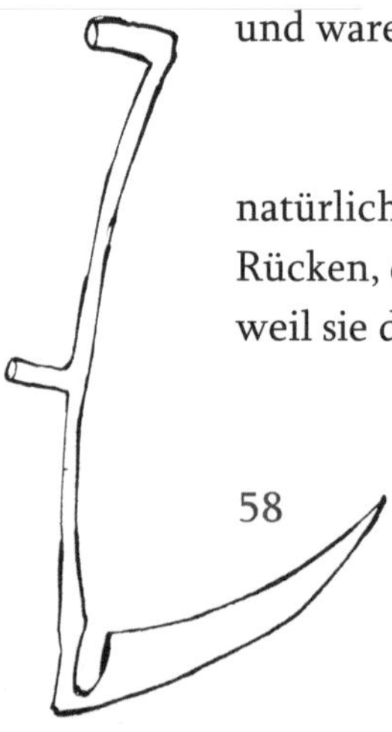

Eines Tages aber, als der gute Bartold mit seiner Sense in weitem Schwunge seine Sommerwiese mähte, hörte er ein Klappern aus Richtung Meschede über das Land kommen. Und wie er gerade seine Sense absetzte, um deren Klinge zu schärfen, stand plötzlich Gevatter Tod neben ihm. Er trug eine schwarze Kutte mit weiter Kapuze, und seine bleichen Gebeine schlackerten im Winde. In seiner Rechten trug der Knochenmann eine Sense mit goldener Sichel, die nur so in der Sonne funkelte. Als er den grausigen Gevatter erkannte, wunderte sich Kreckenköttel, war er doch erst dreienachzig, und das ist ja nun fürwahr noch kein Alter zum Sterben für einen echten Sauerländer. „Kommste wegen mich?“ fragte er den einsamen Wanderer. „Noch nicht, Bäuerlein“, klapperte der Sensenmann, „Ich bin gekommen, um deine Hitte zu holen. Ihre Zeit ist gekommen, und heute werde ich ihr mit der Sense den Lebensfaden durchschneiden.“

Bartold wurde es plötzlich kalt ums Herz, denn obwohl die Hitte keine Milch mehr gab, hatte er sich, wie viele Sauerländer Männer, irgendwie an seine alte Ziege gewöhnt. Weil er aber ein kluger Bauer war, sagte er mit fester Stimme: „Da krisse aber Spässkes mit dem Lebensfaden, mit sonne stumpfe Sense wie deine. Zamma her das Teil, ich dengel dich dat ma ehmt schaaf!“

Dem Tod, der sich schon öfters über sein stumpfes Werkzeug geärgert hatte, war's recht, und er reichte Kreckenköttel die Sense. Dieser nahm das Dengelzeug zur Hand und dengelte und dengelte und dengelte. Dann zog er den Wetzstein aus der Buxentasche und wetzte und wetzte und wetzte, und zum Schluss polierte er mit seinem karierten Taschentuch die goldene Sichel auf Hochglanz. Als der Sensenmann die schöne, scharfe Sense sah, bedankte er sich beim Bauern und wollte weiter, um die Hitte zu holen. Kreckenköttel aber hielt ihn an der Kutte fest und sprach: „Was gippt datt denn, du undankbaren Peias! Denksse, ich dengel hier für umsonnz? Also, runter mitte Sense, ran anne Wiese!“

Der Knochenmann überlegte kurz, und wie er die scharfe goldene Klinge seiner Sense besah, da wollte er sie doch gleich ausprobieren. Er sagte „Abgemacht!“, holte aus und ließ die blitzende Sichel knapp über den Boden der Wiese fliegen. Man konnte nur ein leises Sausen vernehmen, doch wie der Sensenmann wieder aufsah, da standen noch alle Halme aufrecht und kein einziger war auf den Boden gefallen. Fragend blickte er zu Kreckenköttel, der neben ihm stand und schmunzelte. „Jetz puste ma!“ sprach der Alte. Als der Schnitter seinen kalten Atem ausblies, da fielen tausend Halme gleichzeitig um. So fein war der Sensenstreich gewesen, dass die abgeschnittenen Stengel einfach auf den Stoppeln stehen geblieben waren. „Ja, da leck mich fett,“ entfuhr es dem Sensenmann, „das nenn ich jetzt aber mal ne richtig scharfe Sense!“ „So wie ich dengelt heutzutage auch sonnz kein Aas mehr!“ nickte ihm das Bäuerlein aufmunternd zu. „Dann lassma knacken, abgemacht is abgemacht, woll!“ Freund Hein tat, wie ihm geheißen, denn Sensenmann war schließlich sein Beruf. Streich auf Streich, Halm auf Halm gewann er die Arbeit immer lieber, und es ward ihm dabei sogar muckelich warm in den eiskalten Knochen.

Kreckenköttel aber lief so geschwind, wie seine alten Beinchen ihn trugen, hinunter zum Hause. Dort zog er der Hitte eine olle Strickjacke an, setzte ihr ein rotes Kopftuch auf die kleinen Hörner, tat ihr Gummistiefel an die Hinterhufe und setzte sich mit ihr auf das Bänkchen draußen neben der Türe. Als die Sonne schon sehr tief stand, kam der lange Schatten des Sensenmanns vom Feld herab auf das Bauernhäuschen zu. Er war stark am Keuchen, zog die Sense hinter sich her und setzte sich neben die beiden auf die Bank. „Kerrokiste, bin ich oppe! Jetzt aber her mit der Ziege, ich will nach Hause.“ Als die dumme Ziege nun ihren Namen hörte, rief sie unter dem roten Kopftuch hervor: „Mäh! Mäh! Mäh!“ Dem Bauern wurde Angst und Bang, weil die Geiß sich verraten hatte. Da der Knochenmann aber keine Ohren an seinem kahlen Schädel hatte, verstand er „Nä, nä, nä!“ „Na gut, gnädige Frau!“ sprach er zur Ziege, „Wenn es Ihnen heute nicht passt, komme ich

morgen wieder!“ Dann verbeugte er sich vor der Hitte, grüßte das Bäuerlein zum Abschied und zog seiner Wege.

Am nächsten Tage mähte Kreckenköttel die große zweite Wiese. Gegen Mittag hörte er wieder ein Klappern, und schon stand der Sensenmann abermals neben ihm. „Heut hol ich mir die Ziege, Bauer, und wenn ich die nicht kriege, dann hol ich einfach dich!“ Der alte Bartold aber hatte sich schon eine neue List ausgedacht. „Passma auf“, sprach er zum Tod, „Wenn die Ziege schonn ins Gras beißen soll, dann solles doch schön kurz sein, woll! Jetz dengel ich dir nomma die Sense schaaf, dann machsse mir hier ehmt de Wiese, und danach kannze die Hitte immer noch holen!“

Der Sensenmann besah seinen Lebensfadenschneider, der vom Mähen am Vortage arg mitgenommen war, und stimmte dem Bauern zu. Dieser nahm wieder sein Dengelzeug zur Hand und dengelte und dengelte und dengelte. Dann zog er den Wetzstein aus der Buxentasche und wetzte und wetzte und wetzte, und zum Schluss polierte er mit seinem karierten Taschentuche die goldenen Sichel auf Hochglanz. Dann reichte er dem kalten Schnitter das scharfe Werkzeug und dieser begann, in weiten Schwüngen auch die zweite Wiese zu mähen. Der Bauer ließ ihn gewähren, steckte sein Pfeifchen an und ging heim zur Hitte. Er zog ihr abermals die Strickjacke an, bedeckte ihre Hörner mit dem roten Kopftuch und setzte sie mit der Tageszeitung in den Schaukelstuhl neben dem Fenster.

Abends kam der Sensenmann wieder zum Bauernhause. Er klopfte an die Tür, und Bartold tat ihm auf. „Boah ej, Bauer, was bin ich kaputt! Aber heut muss die Ziege dran glauben, drum hol sie mir herbei!“ rief der Knochenmann. Da fiel der Ziege vor Schreck die Zeitung aus den Hufen. Sie sprang auf, verlor Kopftuch und Strickjacke und stob wie ein geölter Blitz durch die gute Stube, wobei sie Tisch und Stühle mit großem Gepolter umwarf. Abermals wurde es dem Bäuerlein eng ums Herz, doch da der Tod ohne Augen im hohlen

Schädel ziemlich schlecht sehen konnte, däuchte ihn, ein weißer Wirbelwind tobe durch das Haus und die Bäuerin wäre beim Großreinemachen. „Verzeihung, gnädige Frau!", rief er der rasenden Hitte zu, „Ich will nicht stören beim Hausputz und schau morgen noch mal rein!" dann nickte er dem Bäuerlein zum Abschied zu und zog seiner Wege.

Kreckenköttel aber war glücklich, dass die Ziege abermals gerettet war. Doch weil er keine Wiese mehr hatte zum Mähen, und weil er den Knochenmann ein für alle Mal los sein wollte, sannen er und die alte Hitte die ganze Nacht darüber nach, wie sie dem Tod ein Schnippchen schlagen konnten. Früh am Morgen setzten sich die beiden auf den Trecker und brausten zum OBI nach Meschede. Dort kauften sie eine Badezimmergarnitur aus weißem Flokati, zwölf Tuben Sekundenkleber und eine Schubkarre. Wieder daheim, schlossen sie sich im Hühnerstall ein und schon bald begann ein eifriges Geklebe und Gebastel.

Kurz vor Mahlzeit hörte der Bauer, wie der Sensenmann auf den Hof geklappert kam. Rasch zog er der Ziege wieder ihre Joppe an, setzte ihr das rote Kopftuch auf und steckte sie in Gummistiefel.

Kaum war er damit fertig, stand der Tod schon in der Tür des Hühnerstalls: „So, jetzt ist Sense! Her mit der Hitte!“ rief er und trat ein.

Bauer und Ziege knieten weinend neben der Schubkarre, die sie bis auf die Griffe mit dem weißen Flokati beklebt hatten. „Tja, da kommste etwas spät!“ schluchzte der Bauer, „Die Hitte is gestern Nacht gestorben!“ Der Tod betastete die Schubkarre, aber weil er ja keine Augen hatte und nur Knöchelchen statt richtiger Finger, hielt er die Badezimmer-garnitur für Ziegenfell und die Schubkarrengriffe für eiskalte Ziegenhörner. „Herzliches Beileid!“ klapperte er verlegen, und augenblicklich entfuhr der Hitte ein erleichtertes: „Meck! Meck! Meck!“ Wieder erschrak der alte Bartold gehörig, doch der Knochenmann entschuldigte sich sogleich und sprach: „Keine Bange, ich bin ja schon weg, weg, weg, liebe Hinterbliebene!“ Dann drehte er sich um und ward bis an Kreckenköttels Lebensende nicht mehr in Remblinghausen gesehen.

Der Bauer aber rieb sich vergnügt die Hände. Aus seinem Taschentuch schüttelte er feinen Goldstaub auf den Küchentisch, und danach klopfte er auch den Wetzstein noch einmal kräftig aus. Die halbe Goldsichel hatte er dem Sensenmann abgewetzt, so dass nun ein Häuflein besten Goldes vor Bartold und der Hitte lag. Die Ziege tanzte vor Freude auf dem Tisch und der Bauer spielte dazu „Alte Kameraden“ auf der Quetschkommode. Vom Gold des Knochenmannes kaufte sich Kreckenköttel einen Mähdrescher, weil er die Handarbeit und das Dengeln satt hatte. Seine alte Ziege aber bekam endlich das kleine Motorrad, das sie sich schon immer gewünscht hatte. Und weißt du was? Damit braust sie noch heute im Hühnerstall herum!

*Jetzt alle:*

*„Meine Ziege fährt im Hühnerstall Motorrad, Motorrad, Motorrad,*
*meine Ziege fährt im Hühnerstall Motorrad,*
*und statt zu hupen ruft sie immer Mäh! Mäh! Mäh!“*

# DER TAPFERE METTIGEL

Ein Mettabenteuer aus Winterberg

Wenn du bei Winterberg ungefähr zwei Hirschrufe weit in den Wald fährst und dann an der höchsten Fichte scharf nach links abbiegst, erreichst du das Land der Mettigel. Der possierliche Mettigel gilt weltweit als großes Sauerländer Wunder der Natur, ist doch seine Mutter ein einfaches Schwein und sein Vater der böse Fleischwolf. Und nur dann, wenn die Sau den Wolf so richtig zum Durchdrehen bringt, kommen tief im Walde wieder kleine Igelchen auf die Welt.

Zunächst sind die jungen Mettigel völlig nackt und haben nicht einmal Augen. Sie tapsen unbeholfen zwischen Baumstuken und Krüppelholz herum, bis die gute Waldfee Hauruck ihnen Äuglein und eine Nasenspitze aus schwarzen Pfefferkörnern schenkt. Nach und nach wachsen dann die ersten Zwiebelstacheln. Zunächst sprießen dünne Zwiebelstiftchen an den Seiten, und nach und nach wird der Stachelwald immer dichter und höher, bis endlich oben der wehrhafte Kamm aus langen Krummstacheln wächst. Ist er dann voll verzwiebelt, hat der Mettigel im Wald keine natürlichen Feinde mehr, so sehr fürchten sich Fuchs, Bussard und Kobolde vor argen Verletzungen und bösem Mundgeruch.

Jetzt könnte so ein Mettigelchen doch eigentlich in Frieden im Wald leben und alle Tage herumtollen, bis der große Waldgeist ihn holt. Doch wie die Eintagsfliege hat das Mettigelchen zwar ein glückliches, aber recht kurzes Leben. Schon kurz nach der Bezwiebelung wandern die Mettgesellen in die Dörfer des Sauerlandes. Dort treffen sie sich mit leckeren Brötchen, am liebsten mit solchen, die noch warm von der Backstube sind. Sobald so ein knuspriges Semmelchen so einen feschen Mettigel sieht, dann klappt es oft von ganz alleine auf, damit es sich der kleine Kerl schön bequem auf

dem weißen Brötchenbett machen kann. Und wenn endlich die ganze Gegend nach frischen Mettbrötchen duftet, dann freuen sich die Menschen und bezahlen viel Geld, diese Sauerländer Spezialität mit nach Hause nehmen zu dürfen. Weil der Waldgeist ihr Leben nun mal auf diese Weise eingerichtet hatte, waren es die Mettigel auch so zufrieden.

Vor gar nicht langer Zeit jedoch, man erzählt sich, es war zwölf nach Herbst, da spie der Fleischwolf einen jungen Mettigel aus, der war anders als all die anderen. Er hieß Mettias und hatte von der Waldfee versehentlich zwei Wachholderbeeren statt Pfefferkörner als Augen bekommen. Daher glaubte der kleine Kerl, einen besseren Durchblick zu haben. „Freunde“, sprach er eines Tages, als alle auf einer Waldwiese im Schatten lagen und sich die Stacheln polierten, „Freunde, ich will mehr! Es muss im Leben doch was andres geben, als roh verspeist zu werden. Ich will hinaus in die Welt und sehen, was es dort so alles gibt. Auf Kameraden! Lasst uns hinaus in die Welt ziehen und ein besseres Leben finden!“

Die anderen Mettigel aber schüttelten mit den Köpfchen als sie ihren Kumpel so reden hörten, denn als gebürtige Sauerländer mochten sie nichts, was sie nicht kannten. „Aber Großauge, was kann es denn Schöneres geben, als sich auf ein Brötchen zu kuscheln, die Stacheln flach zu legen und hungrige Mäuler zu stopfen? Nä, nä, da gehsse am besten ma alleine, woll!“

Weil er vor den anderen nicht als Feigling da stehen wollte, zog Mettias also mutterseelenallein in die Welt hinaus. Um sich Mut zu machen, sang er dabei lauthals das Lied der Mettigel:

„Der Igel ist aus Mett,
das Weiße ist sein Fett,
wen seine Zwiebeln pieken
der muss richtig quieken!“

Abends war er so tapfer singend bis zum Waldesrand gekommen, wusste aber nicht, welche Richtung nun die beste für den weiteren Weg wäre. Da er erschöpft war, setzte er sich unter einen Strauch und weinte bitterlich. „Was weinst denn du?“ sprach plötzlich eine feine Stimme zu ihm. Der Mettigel blickte auf, und vor ihm stand ein Brötchen mit einem Wanderstabe. „Ach weißt du,“ seufzte das Igelchen, „ich möchte mehr vom Leben, als mich auf einen frischen Bruder von dir zu legen, verspeist zu werden und nichts von der Welt gesehen zu haben!“ „Potzblitz!“ erwiderte das Brötchen, „Da geht es dir ja eben so wie mir! Ich habe mich aus der Backstube verkrümelt, damit ich in Frieden alt und hart werden kann. Lass uns zusammen losziehen und sehen, was die Welt uns Schönes zu bieten hat!“

Dem Mettigel gefiel's, und so marschierten die beiden wohlgemut gemeinsam weiter. Um sich Mut zu machen, sangen sie lauthals ein Liedchen:

„Wir sind Mett und Brot,<br>
Freunde in der Not.<br>
Wir sind Brot und Mett,<br>
das mutige Duett.“

Kurz nach Mittag erreichten sie die Stelle, wo die Straße einen Knick macht und runter nach Züschen führt. Dort saß ein Ei im Grase, das streckte den Daumen raus und begehrte, als Anhalter mitzureisen. Mettias und Brötchen hielten inne und fragten das Ei, wohin es denn mitgenommen werden wolle. „Ach wisst ihr,“ sprach das Ei, „gleich nach dem Legen wusste ich, dass ich eine andere Güteklasse war als die anderen Eier. Die wollten alle frisch gekocht werden, doch das ist mir zu wenig. Daher hab ich mich vom Hof gemacht, um bis ans Ende meiner Haltbarkeit in der Weltgeschichte herumzueiern!“

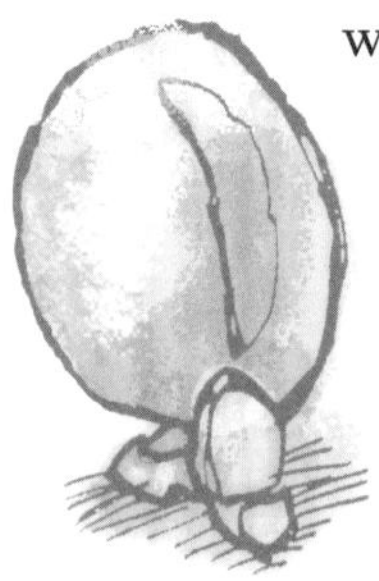

„Ei, da passt du ja trefflich zu uns!“ sprach der Mettigel, „Schließ dich uns an, auf das wir gemeinsam alt werden und dabei die Welt kennenlernen!“ Dem Ei gefiel’s, und so kullerte es tapfer neben den beiden anderen einher, immer in Richtung Sonnenuntergang. Um sich nun auch zu dritt Mut zu machen, sangen die drei ein Liedchen:

„Mett und Brot und Ei,
jetzt sind wir schon drei.
Ei und Brot und Mett,
das tapfere Terzett!“

Gegen Abend waren sie am Ortsrand von Hallenberg angekommen und rechtschaffen müde. Das Brot fühlte sich wie ausgetrocknet, das Ei war hie und da leicht angedötscht, und der kleine Mettigel roch leider gar nicht gut. „Vielleicht hätten wir doch in der Heimat bleiben sollen.“, sprach das Brot. “Frisch aus dem Ofen hab ich mich viel knuspriger gefühlt!“ Den beiden Wandergenossen ging es nicht anders, und sie wussten sich keinen Rat, wie es nun weitergehen solle. Also beschlossen sie, an den Türen der Menschen zu klopfen und ein schönes Lied zu singen, damit man ihnen zum Dank ein Nachtlager gewähren würde.

Wie es aber der Zufall so will, pochten sie als erstes beim Metzger der schönen Stadt. Dieser traute seinen Augen kaum, als er die staubige Truppe sah und dann sogar singen hörte:

„Mett und Brot und Ei,
jetzt sind wir schon drei.
Ei und Brot und Mett,
das tapfere Terzett!“

Er bat die drei in seine Stube und setzte sie auf den Tisch. „Ihr seht aber arg mitgenommen aus“, sprach er zu ihnen, „ein halbtrockenes Brötchen, ein angedötschtes Ei und ein nicht mehr ganz frischer Mettigel. Was mach ich nur mit euch?“

Da weinten die drei bitterlich, und erzählten, dass sie geglaubt hätten, etwas Besonderes zu sein, und dass sie nun alles darum geben würden, ihrer wahren Bestimmung zu folgen. „Wir wollen hungrige Sauerländer Mäuler stopfen, auf dass die Menschen unserer grünen Waldheimat besonders groß und stark werden!" versprach Mettias, und Brot und Ei nickten eifrig. Der kluge Metzger aber wusste sogleich Rat. Er holte eine große Schüssel, badete das Brötchen in etwas Milch, und sofort wurde es so weich und so weiß wie der frische Teig.

Dann goss er die Bademilch ab, half dem Ei aus der Schale und setzte es auf das weiche Brötchen. Der Mettigel, der das alles besah, staunte nicht schlecht: „Komme ich auch da rein?“ fragte er den Metzger vom Schüsselrand aus. „Aber sierker,“ erwiderte der gute Mann, „Zwiebel und Mett: Frikadelle komplett!“. „Hallelujah, ich werde eine Frikadelle!“ jauchzte der Mettigel, „Das Beste, was einem Mettigel passieren kann!“ Er hüpfte in die Schüssel zu den anderen, der Metzger puderte die drei Freunde tüchtig mit Salz und Pfeffer und ließ sie dann mit seinen großen Händen in der Schüssel Karussell fahren. Dem Mettigel wurde etwas trierselig, und als er wieder zu sich kam, hatte ihn der Metzger schon schwuppdiwupps in einer großen Pfanne zu einer stolzen Frikadelle gebraten.

Wie er dann am Morgen rundum angebräunt in der Metzgerei auf der Warmhalteplatte lag, Brot und Ei ganz nah bei sich spürte und ihm die frischen Mettigel von der Kühltheke aus zuwinkten, da fühlte sich der neugierige Mettias wie die allerglücklichste Frikadelle auf der ganzen Welt. „Mett, mett, mett!“ rief er seinen Brüdern zu, „schön frisch seht ihr aus!“ „Mett, mett, mett!“ schallte es zurück, „und du bist töffte braun geworden, Mettias!“

Bevor jedoch die ersten hungrigen Kunden eingelassen wurden, sangen die Kinder des großen Fleischwolfs noch einmal gemeinsam das Lied der Sauerländer Mettigel:

„Der Igel ist aus Mett,
das Weiße ist sein Fett.
Wen seine Zwiebeln pieken,
der muss richtig quieken!“

*Und wenn du sie nicht gefuttert hast,*
*dann singen sie noch heute.*

# DIE ARCHE SAUERLAND

## Wie Neuenrade zum Semberg kam

Wie ich neulich mal wieder in der verbotenen Sauerländer Bibel schmökerte, die ja bekanntlicher Weise nicht mit Adam und Eva im Paradies, sondern mit Theo und Jettchen inne Himbeern anfängt, da fand ich dort eine Geschichte, die ich euch nicht vorenthalten möchte, meine ungläubigen Freunde. Es ist die Geschichte von Sem, dem Sohn Noahs, der in Neuenrade die Sauerländer Arche baute.

Noah stammte wahrscheinlich aus Bochum, denn er war der Sohn eines gewissen Lamech, der vor langer, langer Zeit beim VfL in einer Mannschaft mit Lothar Wölk und Jupp Tenhagen spielte und Atta gerufen wurde. Noah stand nicht so auf Kinder und ließ sich daher etwas Zeit, bis er im Alter von fünfhundert Jahren seine ersten Söhne zeugte. In den Schulferien schickte er seine Jäuster Sem, Ham und Japhet immer zu ihrem Onkel Jockel nach Neuenrade im wunderschönen Sauerland, weil die Luft dort so gut und das Wasser so klar war. So ging es Jahr um Jahr, bis der Liebe Gott dem Noah eine feine Stelle in Palästina anbot und die ganze Familie vom Ruhrpott in den Nahen Osten umzog.

Palästina war eine dolle Sache, muckelich warm und ohne Gummistiefel begehbar. Noah und seinen Jungs gefiel es gut, und sie waren Gott dankbar für seine große Güte. Der Herr mochte die Familie, nur der Rest der Menschheit ging ihm schon seit einiger Zeit ziemlich auf den Zeiger. Also beschloss er, die Menschheit von einer gewaltigen Sintflut verschlingen zu lassen, außer den braven Noah und seine Truppe. Diesem trug er auf, eine Arche zu bauen, ein gewaltiges Schiff, auf dem Familie Noah die Flut überleben könnte. Außerdem sollte von jedem Tier der Erde ein Männchen und ein Weibchen darauf Platz finden, um nach der Sintflut die Erde neu zu besiedeln. Noah bedankte sich beim Herrn und rief seine Söhne zusammen, um den Bau des Schiffes zu besprechen.

„Jungs, der Herr denkt an zirka 40.000 Kubikmeter Schiffsinhalt, das ist viel Arbeit. Also nix wie ran anne Buletten!“ Er nahm sich seine Axt, Ham den Hammer und Japhet die Kreissäge. Wie sie gerade losmarschieren wollten, sprach sein Sohn Sem: „Nu wattet ma! Pappa, du bist jetz locker über Fünfhundert, villeicht hasse dich ja irgenzwie verhört! Sintflut? Hier in Palästina? Hier kommt doch sogar der Regen als Staub runter, wo soll denn da auf einma das ganze Wasser herkommen? Und wie kommenwe in Palästina an so viel Schiffsholz, bitteschön? Hier wachsen doch nur somm paar össeliche Pinien. Oder sollnwe uns die Arche aussem Kaktus schnitzen?“ Da wurde Noah sehr zornig mit seinem Sohne und er schalt ihn einen gottlosen Faulpelz: „Samma, Sem, und selbs wenn das hier hundert Jahre dauert oder ich warten muss, bisses Planken beim Hornbach in Jerusalem gibt: Was der Herr mich aufgetragen hat, das mach ich auch! Wo kämen we denn sonnz hin?“

„Wo we da hinkämen? Das willich dich sagen!“ erwiderte Sem, „Zu Onkel Jockel nach Neuenrade kämen we da hin, wo we früher immer inne Ferien waren! Da isses den ganzen Sommer sintflutartig am regnen, und das Bauholz liegt sägefertig anne Wanderwege. Der Herr hat ja nicht gesacht, WO, sondern nur DASS we ne Arche bauen sollen, woll! Also, wer kommt mit nach Neuenrade?“ Obwohl Sem wahrscheinlich recht hatte, beschloss der sture Noah, seine Arche in Palästina zu errichten. Ham und Japhet blieben bei ihm, denn sie hatten Neuenrade nicht in guter Erinnerung, da sie dort gleich hinterm Freibad mal schwer was auf's Maul bekommen hatten.

Sem nahm sich sein Weib Erika und die beiden zogen mit einem Maultier und einem Werkzeugkasten über die Türkei und den Rothaarkamm bis nach Neuenrade. Onkel Jockel hatte noch ein Zimmer in seinem Schoppen frei, und dort ließen sich beide häuslich

nieder. Erika kochte, putzte und war ihrem Gatten untertan, ganz so, wie es die Sauerländer Bibel einem anständigen Weibsbild vorschreibt. Der fleißige Sem zog jeden Tag zwischen Küntrop und Kohlberg in die Drüste, um Holz für seine Arche zu sammeln. Samstags band er sein Maultier bei Arens und Hilgert am Baumarkt fest und kaufte Nägel, Schmirgelpapier und reichlich Pattex, alles, was man für den Schiffsbau so braucht. Weil in Neuenrade gute Nachbarschaft gepflegt wurde, halfen Onkel Jockel und die Einheimischen tüchtig mit, und kaum waren sechs Wochen vergangen, stand oberhalb von Neuenrade eine gewaltige Arche. Sem besah sich sein Werk, und siehe da, es war gut geworden.

Wie der Herr aber nun gewahr wurde, dass auf der Erde schon eine Arche fertig war, da schickte er auch gleich aus Richtung Altenaffeln schweren Regen auf Neuenrade zu. Sem und Erika sputeten sich, zwischen Fichten und Gestrüpp von jedem Tier und jedem Vogel ein Pärchen zu fangen, ganz so, wie der liebe Gott es für den Archenbau vorschrieb. Glücklicherweise gab es in den umliegenden Wäldern nicht so viel Getier, und so war die Arbeit rasch getan. In den großen Kabinen der Arche wohnten Hirsche, Rehlein und Wildschweine, in Sems Führerhaus tummelten sich Füchse, Eichhörnchen und Frechdachse, und auf einer langen Hühnerstange hockten Mäusebussarde, Eichelhäher, Kohlmeisen und Spatzen zwischen dem Geflügel. Das war´s, für mehr Sammelei war keine Zeit, denn nun goss es bereits wie aus tausend Kübeln. Bevor Sem jedoch die Arche schloss, fragte er Onkel Jockel und die guten Nachbarn, ob sie nicht auch gerettet werden wollten.

„Och nä, lassma," sagten die Nachbarn, „wir kriegen am Samstach Besuch, da müssenwe nochen Kuchen für backen." „Och nä," sprach auch der Jockel, „weisste, hier isses doch immer am Plästern zugange, somm paar mehr Troppen auffen Dähtz, die merkich kaum!"

Da zuckte Sem mit den Schultern, schloss die Arche, vernagelte Fenster und Türen und wartete darauf, dass sie von der Sintflut davon getragen würden. Als es sieben Tage und sieben Nächte geregnet hatte und die Passagiere meinten, das Schiff begänne bereits langsam zu schwimmen, klopfte es plötzlich an der Archentür. Sem schaute durch ein hölzernes Bullauge heraus und sah, wie ein Vertreter der Firma Vorwerk aus dem nahen Hagen im strömenden Regen unten vor der Arche stand.

Sem war leicht genervt, denn von Überschwemmung war da draußen keine Spur. Erst wollte er den Mann davonjagen, dann aber kaufte er ihm einen Kobold-Klopfsauger ab, weil die Wildschweine und Füchse natürlich nicht stubenrein waren und Erika deswegen ständig nörgelte.

Weitere sieben Tage und sieben Nächte später stand die Arche immer noch auf dem Hügel bei Onkel Jockel im Garten, und es nieselte nur noch leicht. Jetzt kriegte Sem dann doch schlechte Laune, weil er seine Zeit mit Archebauen im Sauerland eindeutig verplempert hatte. Da konnte es tausend Jahre regnen und noch einmal tausend Jahre plästern und noch einmal tausend Jahre schütten wie aus Gießkannen: Das störte Land und Leute für keine zwei Pfennige. Sintflut im Land der tausend Berge? Unmöglich!

Wie er gerade darüber nachdachte, was nun zu tun sei, da kam eine Brieftaube auf das Deck der Arche geflogen, im Schnabel ein Brief von Pappa Noah.

„Lieber Sem, wie geht es dir?“ stand darin, „Uns geht es soweit gut, nur deine Mutter issen bissken kiebich, weil sie seit einer Woche versucht, fünfhundertsiebenzwanzich Kerzen auf meine Geburtstagstorte zu friemeln. Deine Brüder und ich haben schon fast genug Holz für ein Ruder gesammelt, du weißt ja, mühsam ernährt sich das Eichhörnchen. Regnen tut’s zum Glück noch nicht. Schöne Grüße an Jockel, dein Pappa Noah. PS: Hattest du schon mehr Glück mit der Sintflut?“

Da packte Sem ein großes Heimweh nach Noah, die staubigen Brüder und etwas warmen Wüstenwind unterm Burnus. Er ließ die weniger fetten Tiere frei, schlachtete den Rest und lud die Nachbarn zum Abschied aus Neuenrade zu einer zünftigen Grillparty ein. Dann zerhackte er mit Erika und Jockel die Arche in tausend Stücke und machte aus dem Holze ein gemütliches Feuerchen. Wie

immer im Sauerland fing es an zu regnen, bevor das Grillgut gar war. „Gut, dasses wieder plästert!" rief Onkel Jockel übermütig, „Ich steh nich so auf trockenes Fleisch!" Sem erhob sein Pülleken Krombacher, prostete den Menschen zu und setzte noch einen drauf: „Haut wech, die Plörre, Leute. Nach mir die Sintflut!" Da lachten die beiden Palästinenser und ihre Sauerländer Freunde so laut, dass man es bis zum nächsten Morgen hören konnte.

Sem, Erika und Maultier zogen zurück zu Noah nach Palästina, wo sie beim Bau der väterlichen Arche halfen. Und siehe da, nur hundert Jahre später war das Schiff fertig und die Sintflut kam und verschlang das Böse vom Erdboden. Außer in Neuenrade, leider.

Der Bau der Arche war bis zum Gewinn der Deutschen Fußball-Amateurmeisterschaft 1974 das größte Ereignis der Neuenrader Geschichte. Zur ewigen Erinnerung an Noahs Sohn und das vergebliche Warten auf die Sintflut tauften die Hönnestädter den Hügel, auf dem einst die Arche beim Grillen verfeuert wurde Am Semberg.

*Wie? Das hab ich alles nur erstunken und erlogen?*
*Dann blättere doch im Internetz nach, du Neunmalklug,*
*und überzeuge dich selbst!*

# DIE GÜLDENEN GUMMISTIEFEL

## Vom Werdohler, der hoch hinaus wollte

Jeder weiß, dass es in unserer schönen Heimat mehr Berge gibt, als im gesamten Rest der Welt zusammen. Alpen, Anden und Himalaja sollen angeblich ein paar Zentimeter höher sein als das Rothaargebirge, die Saalhauser Berge und das Ebbe, aber das ist reine Ansichtssache. Wanderst du demnächst mal wieder mit dem SGV durch Nepal und machst Rast auf dem Lhotse, kommt dir der 300 m höhere Mount Everest gleich gegenüber eher wie ein verschneites Hügelchen vor. Liegst du jedoch auf einer Luftmatratze im Toten Meer und blickst an einem klaren Tag nordwärts zum Kahlen Asten, wird sich dessen grünes Massiv mehr als zwölfhundert Meter vor dir auftürmen. Da staunste, woll!

Weil es aber nun im Sauerland beständig regnet und dort – außer in Schmallenberg – keine Sherpas hausen, machen die so genannten kühnen Alpinisten schon immer einen weiten Bogen um unsere schätzungsweise tausend Berge. Nass werden oder gar ihre Butterbrote und Fantadosen selber tragen, nein nein, das wollen diese verhätschelten Herrschaften nicht. Daher kraxeln sie lieber wie Reinhold Messner in den sonnigen Alpen oder sausen wie Sir Edmund Hillary und Tenzing Norgay mit dem Sessellift auf die Gipfel des Karakorums.

Der vielleicht größte Held von allen aber ist deshalb für viele Friedhelm Lüsebrink, der als erster alle tausend Berge des Sauerlands bezwingen wollte. Leider ist sein Name nur in sehr, sehr speziellen Geschichtsbüchern zu finden, und auch dort nur im Klitzekleingedruckten. Um euch den Kauf einer Lupe zu ersparen, will ich daher heute von Fitti Lüsebrink erzählen, von seinen goldenen Gummistiefeln und davon, dass Hochmut auch im Sauerland immer vor dem Fall kommt.

Vor gar nicht allzu langer Zeit, da lebte auf dem Remmelshagen zwischen Werdohl und Neuenrade ein Bäuerlein namens Lüsebrink. Unter der Woche ackerte er auf dem Felde und kümmerte sich um sein liebes Vieh. An Feiertagen und an Gertrüdchen jedoch setzte er seine Frau und seine zwölf Kinder auf den Leiterwagen, und sie fuhren allesamt nach Neuenrade zum Gottesdienst, denn die Lüsebrinks waren gottesfürchtige Menschen.

Das Nesthäkchen der Familie war der kleine Friedhelm Lüsebrink, den seine Eltern Fitti riefen. Leider hatte sein Vater zwar einen Hof und etwas Besitz, doch mangelte es ihm an barem Gelde. Um das teure Schulgeld für das Brettergymnasium in Werdohl zu sparen, brachte der Landmann seinen Sprösslingen daher selbst das Lesen und das Rechnen bei. Der kleine Fitti war ein besonders gelehriges Kind. Während viele Sauerländer bis ins hohe Alter nur mit Mühe bis zwei zählen konnten, kam Fitti schon als Dreikäsehoch bis vier.

Eines schönen Tages stellte er sich auf den höchsten Punkt des Remmelshagen und begann, von dort aus die Berge des Sauerlands zu zählen. Doch wie er auch zählte und zählte, so kam er doch nie weiter als zwei, weil hohe Fichten ihm überall den Blick versperrten. Da beschloss der Bube, in die grüne Welt der Heimat auszuziehen und die Anzahl ihrer Gipfel genauestens zu erforschen. Seine Mutter weinte sehr, wie der kleine Mann zu Wanderstab und Bommelmütze griff: „Lebet Wohl, gute Mutter, die Berge rufen!“ sagte Fitti und zog mit seinen Gummistiefelchen in die weitgehend unerforschte Wildnis der Heimat. Schon am Vormittag seiner ersten Reise kam er bis kurz vor Plettenberg, wo sich ihm das Lennemassiv mit den drei gewaltigen Zinnen Hohe Molmert, Hemberg und Bauckhahn in den Weg stellte. Er verzichtete auf die Errichtung eines Basislagers in Eiringhausen und begann gegen elf Uhr dreißig bei diesigem Wetter mit dem Einstieg in die berüchtigte Nordflanke der Bracht. Auf dem schlüpfrigen Untergrund, wo viele Alpinisten mit Steigeisen und Pickeln jämmerlich gescheitert wären, leisteten Fitti seine treuen Gummistiefelchen treue

Dienste. Schon kurz nach Mittag hatte er die Dreiergruppe bezwungen und nahm, nur aus Jux und Dollerei, auch gleich noch die 593 m hohe Rehhecke mit, das wolkenumhüllte Dach Plettenbergs am äußersten südwestlichen Zipfel der Vier-Täler-Stadt. Groß war der Jubel der Ureinwohner, als Fitti am Nachmittag wieder in Eiringhausen eintraf. Sie hoben ihn auf ihre Schultern und machten ihn zum Ehrenbürger.

Der Dorfhäuptling trug eilends eine große Pappschachtel herbei, und darin lag ein Paar güldene Gummistiefel, verziert mit vier Diamanten, einen für jeden Gipfel, den Fitti bezwungen hatte. Der kleine Mann probierte die Stiefel an, und siehe da, sie waren natürlich acht Nummern zu groß. Weil sie aber so schön glänzten und funkelten, behielt Fitti sie an und stolzierte breitbeinig damit durch das Volk: „Platz da, Leute, Fitti kommt!" rief er laut, denn sein Erfolg stieg ihm bereits ein wenig zu Kopfe. Als Ehrenbürger bekam er eine Droschke spendiert, und zum Abendessen war der Bub wieder daheim. Während er einen Teller frischer Kröse verputzte, verkündete er seinen Eltern, dass er von nun an hauptberuflicher Bergbezwinger wäre, und dass sie ihn außerhalb des Hauses doch lieber siezen sollten.

Bauer Lüsebrink traute sich nicht, seinen Sohn zu tadeln, war er doch nur ein einfacher Landwirt und sein Sprössling bereits ein Ehrenbürger. Er brachte Klein-Friedhelm wie gewohnt nach Tisch ins Bettchen, zog ihm die Stiefelchen aus und strich ihm übers Haar. „Von nun an will ich jedes Wochenende ausziehen und Berge erklimmen, Bauer!“ versprach ihm Fitti kurz vor dem Einschlafen, „Und ich werde nicht eher ruhen, bis jeder der tausend Berge des Sauerlandes von mir erstiegen und gezählet sei! Unter der Woche aber will ich ruhen und mich nur am Markttag dem Volke präsentieren!“

Und da Sauerländer Kinder bekanntlicher Weise einen sturen Bummskopp haben, ließen Lüsebrinks ihn einfach gewähren. Fitti ging nicht mehr zur Schule, lag die meiste Zeit im Bett und schmökerte in Bergsteigerbüchern. Jeden Samstag aber hielt er sich an seinen Schwur und bestieg mindestens einen Gipfel des Sauerlands. Wo immer er auftauchte, versammelte sich zunächst eine Menge Schaulustiger, um den kühnen Abenteurer zu sehen. Als Tribut für eine Erstbezwingung verlangte er jeweils einen Edelstein, den Bauer Lüsebrink ihm dann sonntags an die Gummistiefel nähen musste. Fitti bekam einen Rubin für den Aufstieg zur Homert (656 m), einen Turmalin für die Unterjochung des Himbergs (687 m) ohne Sauerstoffmaske und sogar einen lupinenreinen Diamanten, als er als erster Mensch auf der sagenumwobenen Nordhelle stand, dem 663 m hohen, sturmumbrausten Gipfel des Ebbegebirges. Jeden Donnerstag aber, wenn Markttag in Werdohl war, zog sich Fitti die güldenen Stiefel an, marschierte zum Marktplatz und ließ sein Schuhwerk in der Sonne glänzen, bis die staunenden Menschen sich satt gesehen hatten.

Je schwerer ihm die Stiefel vor Edelsteinen wurden, desto hochnäsiger aber wurde dem Lüsebrink sein Sohn. Er wollte die Suppe nicht mehr aus der selben Kelle schlürfen wie seine Eltern, sondern verlangte einen eigenen Löffel. Die Mutter sollte den Treckerführerschein machen, damit sie ihn zu den Besteigungen chauffieren konnte, und der Vater musste ihm ein Samtkissen für den ungehobelten Donnerbalken

hinter dem Hause kaufen. Außerhalb der eigenen vier Wände durfte die Familie ihren Fitti nur noch mit „Herr Friedhelm“ oder „König der Berge“ ansprechen, denn schließlich hielt sich dieser nun für eine Respektsperson.

Aber wie das Leben so spielt, verlor das Volk über die Jahre das Interesse an den Lüsebrinkschen Bergabenteuern, vor allem als Herr Friedhelm sich ausführlich den Gipfeln unter 300 m widmete. Viele Städte und Gemeinden waren zudem pleite und konnten sich kostbare Dankesgaben für Erstbesteigungen nicht mehr leisten. Bald hörten selbst die lokalen Käseblätter auf, über Fitti zu berichten. Da der eitle Sohn außer der Kletterei aber nichts anderes vollbringen wollte, wurden seine braven Eltern immer ärmer und ärmer und ärmer. Zunächst mussten Lüsebrinks ihr Vieh verkaufen, danach Fittis Brüderlein und Schwesterlein zum Kohlepolieren ins Bergwerk schicken, und zu guter Letzt mussten sie sogar ihr Postsparbuch auflösen. Als die Mutter vor Gram allen Lebensmut verlor, wusste sich Bauer Lüsebrink keinen anderen Rat, als seinen Sohn endlich um Hilfe zu bitten. „Eure Heiligkeit Graf Fitti,“ sagte er, denn so ließ sich Friedhelm innerhäusig mittlerweile anreden, „gebt uns nur ein einziges Steinchen von euren güldenen Stiefeln, dann könnten wir Gerstenschrot gegen den ärgsten Hunger kaufen, guter Herr!“ Fitti aber war so hochmütig und undankbar geworden, dass er seinem Vater gleich ins Wort redete: „Bäuerlein!“ sprach er, „Bäuerlein, seit vierundvierzig Jahren steig ich in die Berge, knapp die Hälfte der tausend hab ich schon geschafft. Da werd ich den Teufel tun, auch nur ein einziges Steinchen abzulösen, bevor das große Werk vollbracht ist!“

Als er seinen aufbrausenden Sohn so reden hörte, kratzte sich Bauer Lüsebrink am Hinterkopf, kramte den großen Abakus aus seiner Kommode, ließ dessen Kugeln sausen und rechnete geschwind nach. „Durchlaucht“, sprach er zu Fitti, „wenn das Jahr zweiundfünfzig Wochenenden hat, und ihr ward vierundvierzig Jahre jeden Samstag auf einem anderen Berg, dann müsste unser Sauerland ja über



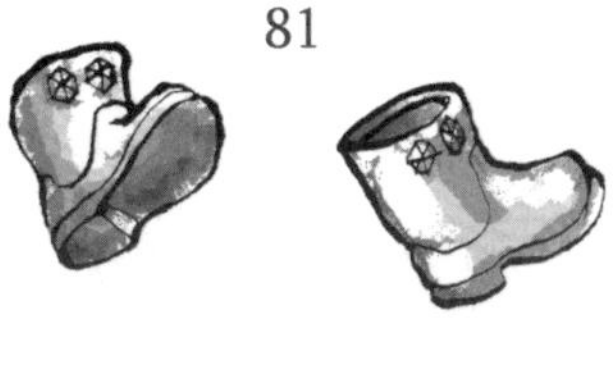

zweitausend Gipfel zählen, wenn ich's recht bedenke. Wo seid ihr denn bloß überall herumgeklettert?"

Da wurde Fitti puterrot vor Zorn und sagte: „Was weiß denn ich, dummer Mann? Ein paar Berge kamen mir schon ziemlich bekannt vor, aber die Dinger sehen doch alle gleich aus, woll. Unten Fichten, oben Fichten, zwischendrin zwei Hallimasch. Und außerdem: Wo das Sauerland genau anfängt und wo das Sauerland genau aufhört, das ist ja schließlich Ansichtssache, woll!" Dabei stampfte er vor Wut auf den dünnen Holzboden der elterlichen Stube.

Weil seine güldenen Gummistiefel aber durch die vielen Edelsteine bleischwer geworden waren, krachte Fitti durch die morschen Dielen direkt in den feuchten Siepen unterm Hause und verschwand darin wie vom Boden verschluckt. Der Siepen rülpste zweimal, spie die Gummistiefel aus und schwieg danach für immer. So verschwand Friedhelm Lüsebrink, für die einen ein großer Bergsteiger, für die meisten jedoch einfach ein dämlicher Peias.

Nachdem das Trauerjahr vorbei war, vertickten Lüsebrinks die güldenen Stiefel bei Ebay, kauften sich einen Wohnwagen an der Sorpe und leben wohl heute noch dort. Das Geheimnis aber, wie viele Berge unsere Heimat tatsächlich hat, wurde bis auf den heutigen Tag nicht gelüftet.

*Wer aber einen ganz einen Neugierigen ist,*
*der schnüre feste Wanderschuh,*
*schließe sich dem Sauerländer Gebirgsverein an*
*und beginne gleich ab morgen selber mit dem Zählen!*

# DIE HEMER STADTMUSIKANTEN

Märchen mit Verkaufsveranstaltung

In Frönsberg wohnte ein Fabrikant, für den arbeitete ein stattlicher Kerl schon seit so langer Zeit, dass ihm über die Jahre die Haare grau geworden waren. Mit der Arbeit haperte es leider etwas, denn der Mann war wegen eines Schleudertraumas seit einer Dekade krank geschrieben. Als er eines Tages wieder mit seiner stabilisierenden Halskrause ins Kontor kam und ein fröhlich Liedchen pfeifend mit dem gelben Schein winkte, lochte ihm der garstige Fabrikant die Lohnsteuerkarte und wies ihm die Tür.

Ich alter Esel mit meim blöden Zipperlein, dachte der Mann. Was mach ich denn getz? Ich kann doch nix ausser Quetschkommode spielen. Also beschloss er, den Bus nach Hemer zu nehmen, um dort Stadtmusikant zu werden.

An der Bushalte in Stephanopel stieg ein Mann hinzu, der war tüchtig am Japsen. „Was biste denn so am Japsen zugange?" fragte ihn der alte Esel. „Ach, weißt Du," sagte der Mann, „mein Ehegespons hat mich einen faulen Hund geschimpft und aus dem Hause gejagt, nur weil ich wegen meinem Rasselhusten so schlecht bis zum Zigarettenautomat kam und sie drei Mal am Tage Nachschub für mich einholen musste. Nun bin ich ohne Frau und jetzt weiß ich nicht, wer mich fürderhin mit Rauchwerk versorgen soll!" „Weißt du was?" sprach der Esel, komm doch mit mir nach Hemer und lass dich mit mir bei der Musik einstellen. Ich spiele die Quetschkommode und du begleitest mich mit deinem bellenden Husten!" Der faule Hund wars zufrieden, und so setzten sie gemeinsam die Reise fort.

Es dauerte nicht lange, da kletterte kurz hinter Grüntal ein jammernder Schnauzbart zu ihnen in den Bus. Er schlich den Gang



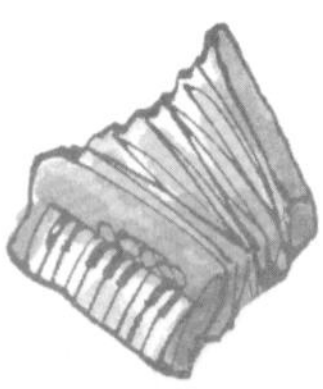

entlang bis zur Rückbank und hielt sich dabei den Kopf. „Was ist dir in die Quere gekommen, mein Freund?“ sprach der alte Esel. „So um die zwölf Doppelwacholder,“ erwiderte der Neue, „und ich kann euch flüstern, so einen schweren Kater hatte ich noch nie. Früher konnte ich saufen bis zum Morgengrauen, aber irgendzwie bekommt mir das immer schlechter. Was mach ich denn jetzt? Die Kneipen sind noch alle zu, und mein treuer Flachmann ist leer!“ „Nur Mut, du schnurrhaariger Katerkopp,“ sagte der faule Hund, „komm mit uns nach Hemer und werde Stadtmusikant. Du bläst auf dem leeren Flachmann und lässt dabei deine prächtige Fahne wehen!“ Der schwere Kater hielt das für gut und fuhr weiter mit.

Kurz darauf kam unsere fröhliche Truppe an einer Bedarfshaltestelle vorbei, von der aus ihnen ein Mann zuwinkte, der nur mit Unterhosen, Krawatte und Schuhen bekleidet war. Sie hießen ihn an Bord willkommen und waren begierig, seine Geschichte zu erfahren. „Ach wisst ihr,“ sagte der Kerl und rückte dabei seine Krawatte zurecht, „ich alter, eitler Hahn konnte das Gockeln bei den jungen Hühnern nicht lassen. Und als der Bauer vorhin unerwartet von der Kegeltour nach Hause kam, hat er mich mit seinem Töchterlein in den Federn erwischt. Ich mach dich nen Kopp kürzer! hat er gebölkt, aber da war ich schon aussem Fenster und hab die Sporen gegeben. Ei, was mach ich denn jetzt? Der weiß, wo ich wohne, und nun kann ich nie mehr zurück!“ „Gemach,“ sprach der alte Esel, „ wir fahren jetzt allesamt nach Hemer, dort werden wir Stadtmusikanten, und du mit deiner schönen Krawatte wirst unser Manager!“ Der eitle Hahn ließ sich den Vorschlag gefallen und so fuhr man begeistert weiter.

An ungeraden Werktagen und samstags fuhr die Linie 3 aber nicht bis Hemer, sondern nur bis Sundwig Meise. Da mussten sie also alle aussteigen und standen mitten im Wald. „Ich glaub, ich steh mitten im Wald!“ rief der faule Hund, „Soll ich jetzt etwa bis in die Stadt laufen?“ Der schwere Kater murrte ebenfalls: „Ich hab Durst! Im Notfall würd ich sogar ein Pils trinken!“



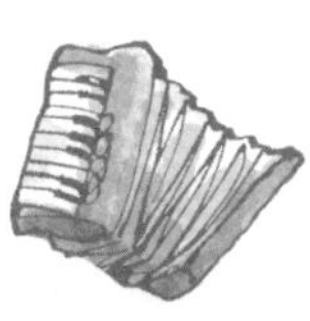

Auch der eitle Hahn fühlte sich in seinem Aufzug gar nicht wohl. „Ich frier mir hier den Bürzel ab in meiner Unterbuxe! Das war eine dumme Idee mit Hemer, du alter Esel!“

Den alten Esel aber däuchte, er sähe in der Ferne ein Fünkchen brennen. Also rief er seinen Gesellen zu, es müsse nicht gar zu weit ein Haus sein, denn es scheine ein Licht. Nun machten sie sich auf den Weg nach der Gegend, wo das Licht war, und sahen es bald heller schimmern, und es ward immer größer, bis sie vor das prachtvoll erleuchtete Wirtshaus „Bei Günter und Hanni“ gelangten, vor dem ein Reisebus parkte. Neugierig spähten unsere Vier durch die Fenster in das Innere des Gasthauses und entdeckten eine Reisegruppe mit Rentnern, die an einer völlig unverbindlichen Werbeveranstaltung ohne Kaufzwang teilnahm.

„Seht nur, wie sie fröhlich schmäuken! Man hab ich nen Lungenschmacht!“ entfuhr es dem faulen Hund. „Ich werd wahnsinnig,“ sprach der schwere Kater, „da sind noch reichlich Plätze an der Theke!“ „Mir würd schon so eine muckelige Heizdecke reichen!“ greinte der eitle Hahn und bibberte erbärmlich dabei. „Dann lasst uns hinein und bei den Alten zum Tanz aufspielen“, spornte der alte Esel das Ensemble an, „Vielleicht gibt es so die ersten Taler zu verdienen!“

Sie öffneten die Kneipentür mit großem Schwung und polterten in Form einer Sauerländer Polonäse in den Gastraum. Vorne der eitle Hahn, der lauthals krähte: „Schützenliesel! Alle Mitklatschen!“ Ihm folgte der schwere Kater mit schrägem Flötenspiel auf dem leeren Flachmann, danach der faule Hund mit seinem schwer rasselnden Raucherhusten und hintendran der alte Esel mit seiner erbärmlich heulenden Quetschkommode. Die entsetzten Pensionäre stoben auseinander und ergriffen die Flucht. Der Heizdeckenverkäufer schrie: „Das ist doch alles ganz legal, meine Herren!“ bevor er aus dem Fenster sprang und dabei sein Toupet verlor.

Als der Saal gänzlich verlassen war, blickten die Musikanten sich um. „Ist das nicht wunderbar,“ sprach der alte Esel, „jetzt sputen sie sich alle, um weitere Zuhörer herbeizuholen! Da brauchen wir ja gar nicht weiter bis nach Hemer!“ Er stellte rasch einen Barhocker auf die Klapptür zum Bierkeller, in dem sich Günter und Hanni verschanzt hatten.

Der eitle Hahn hängte sich eine mollige Heizdecke über die Schultern, der schwere Kater leckte sich bereits freudig die Lippen und der faule Hund schnupperte selig an einem frisch gestopften Lungenbrötchen. „Drei Pils, drei Korn?“ fragte der alte Esel. „Ja sicher!“ johlte die fröhliche Kapelle, und man beschloss gemeinsam, dass der schönste Platz doch immer noch an der Theke sei.

*So kam es, dass Hemer bis heute keine Stadtmusikanten hat.*

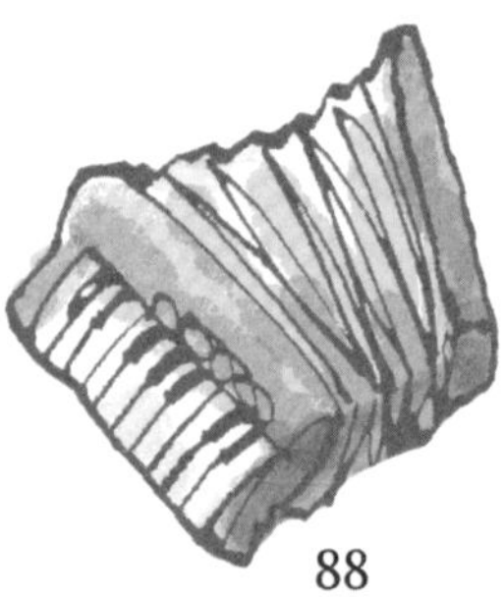

# DIE LEUCHTENDEN BIRNEN VON SUNDERN

Warum es im Hochsauerland so viele Leuchtenfirmen gibt

Vor langer, langer Zeit, als das Sauerland ein Königreich war und der Teufel noch in Arnsberg auf der Rüdenburg hauste, herrschte große Not im Land der tausend Berge. Außer Fichten wollte auf den kargen Böden nichts wachsen, und so mussten die armen Menschen von Moossuppe und getrockneten Kuhfladen leben. Obwohl das Leid kaum zu ertragen war, ließ sich König Ottokar der Schrappige immer wieder neue Steuern einfallen, nur um das Geld der Armen und Ärmsten anschließend auf der Kirmes mit seinen Vasallen und Konkubinen verprassen zu können.

Eines Tages gelangte die Kunde an den Hagener Hof von Ottokar, dass der holländische Kaiser Frans van Brabant, ein direkter Cousin des knauserigen Königs, nach dem Genever- und Käsetribut nun auch die Gardinen vor den Fenstern seiner Untertanen besteuerte. Dieser Gedanke gefiel dem gierigen Hagener Regenten nur zu gut. Also sandte er seine Steuertruppen aus, auf dass sie die Gardinen in seinem Reiche zählen sollten. Nach einigen Tagen kehrten die Männer an den Hof zurück und ihr Hauptmann erstattete Bericht:

„Oh Herr,
dein Reich ist groß, dein Reich ist breit,
wir warn bis hinter Lüdenscheid.
Fichten gab's, und Landmaschinen,
aber keinerlei Gardinen.
Vor die Fenster hängt man Stroh,
dem Sauerländer reicht das so."

Der König stampfte vor Wut auf den Marmorteppich vor seinem Throne: „Vermaledeite Süderländer! Na wartet, wenn ihr schon keine Gardinen habt, dann werd ich euch stattdessen die Fenster besteuern!“ Und so kam es, dass dem Volke im ganzen Reiche noch mehr als je zuvor aus dem Beutel gepresst wurde. In Sundern und Neheim jedoch, dort, wo die Not von jeher so groß war, dass man bis auf den heutigen Tag Eintritt für das Schützenzelt zahlen muss, steckten die heimischen Bauern, Kühe und Wilddiebe die Köpfe zusammen und sannen nach einem Ausweg. Bauer Habbel aus Höingen hatte schließlich die rettende Idee: „Wisster, wenn ich bei mir reinkomme, kann ich eh nich rauskucken, so dicht stehn de Fichten bei mich ans Haus. Wozu brauch man somm Fenster eigentlich?“ „Richtig!“ rief Bürgermeister Windstich, „Keine Fenster, keine Steuer!“ Da klatschten alle vor Freude und holten Bruchstein und Lehm herbei, um ihre Fenster allesamt zuzumauern. Als König Ottokar das gewahr wurde, biss er sich vor Wut ein Loch in den Bauch und verschwand für eine Woche darin.

Da es im Sauerland sowieso meist dunkelgrau ist, störte die Menschen die häusliche Finsternis zunächst nicht weiter. Ganz im Gegenteile, die Dunkelheit brachte die hellen Köpfe im Süderland so richtig zum Leuchten und man erfand die Dunkelkammer, das Schwarzbrot und das Nachtpölterken. Nun mag sich aber jeder vorstellen, dass das Leben so ganz ohne Fenster nicht immer zum reinen Zuckerschlecken geriet. Schließlich war es in jedem Haus und jeder Kate tagsüber so stockenduster wie nachts in einem Tunnel, und die Menschen stürzten Kellertreppen herunter, stießen sich ihre Knie an hölzernen Schemelchen und stachen sich beim Essen mit dem Suppenlöffel ins Auge. Also versuchten die Familien zwischen Sorpe und Möhne, auch ohne Fenster ein wenig Licht in ihre Häuser zu bringen. In Sundern stellten sie kleine Fichten in die Zimmerecken, dekorierten sie mit Kerzen aus Bienenwachs und nannten den glitzernden Baum „Stehlampe“. In Neheim erfand man das Schiebedach, und Bauer Bresekämper entwickelte das tragbare

Kartoffelfeuer. Der legendäre Möppken Dösig hängte einfach eine mit Glühwürmchen befüllte Schweinsblase an die Decke seiner guten Stube. Immer, wenn bei Dösigs „das große Licht“ leuchten sollte, drosch Möppken mit einer Gerte auf die Schweinsblase, und die aufstiebenden Würmchen leuchteten nur so um die Wette.

Das alles war aber auf Dauer keine schöne Lösung. Die Stehlampen nadelten, es regnete ins Schiebedach und die Glühwürmchen mussten zu oft gewechselt werden. Auf Maria Lichtmess trafen sich deshalb die größten Sauerländer Leuchten zu einer geheimen Lichtwoche in Sundern. Schon am Eröffnungstage machten sich die Messeteilnehmer derartig die Lampen an, dass sie sich danach nur sehr dunkel an den Abend erinnern konnten. Tags darauf erfand man gemeinsam die lange Leitung, an der man den Hochsauerländer noch heute gut erkennen kann. Am dritten Tage des Treffens geschah dann das weithin unbekannte Wunder von Sundern. Der Lichtpionier Osram von Candela aus Amecke setzte sich in einem waghalsigen Eigenversuch am Messetresen mit etlichen Doppelkorn unter Strom. Und siehe da, nach knapp einer Stunde begannen erst seine Ohren zu glühen, dann die ganze Birne, bis ihm endlich sogar ein gewaltiges Licht aufging und sein breites Strahlen das gesamte Messegelände erleuchtete. Da war das „Ah!“ und „Oh!“ allenthalben so groß, wie sonst nur beim Feuerwerk auf dem Möhnesee. Das Geheimnis von Osrams Wunderbirne behielten die klugen Sauerländer natürlich für sich! Sie eilten nach Hause, nutzten die ganze Brennkraft des flüssigen Getreides, und bald schon strahlten ihre glühenden Birnen überall um die Wette. Ei, wie freute sich da das gebeutelte Volk, dass man dem geldgierigen König so ein famoses Schnippchen geschlagen hatte! Ei, wie ärgerte sich da Ottokar der Schrappige, als ein Bote ihm die Kunde vom Sundener Wunder zutrug:

„Oh Herr,
dein Reich ist groß, dein Reich ist breit,
du weißt, bis hinter Lüdenscheid.
Die Fenster hat man abgeschafft,
macht sich das Licht aus eigner Kraft.
Glühbirnen leuchten weit und breit,
verhöhnen eure Schrappigkeit."

Da brannte König Ottokar aus Wut über die aufmüpfigen Sauerländer die Sicherung durch. Er beschloss, den armen Untertanen ihr Lichtgeheimnis eigenhändig zu stehlen. Der schrappige Regent verkleidete sich als Wanderbursche und fuhr hinab nach Sundern, um zu sehen, wie die Leute dort an ihr Licht kamen und ihn damit zum Narren hielten. Weil er jedoch vergessen hatte, seine Krone abzusetzen, erkannten ihn die Menschen schon von weitem und beschlossen, sich wegen der Fenstersteuer an ihm zu rächen. Wie König Ottokar also abends im Wirtshaus saß und der Schankraum wegen der vielen glühenden Birnen taghell war, fragte er einen der Gäste, wie man denn so fein ans Leuchten käme. „Nun," sprach der Mann, der ein rechter Schelm war, „du musst nur deine Birne sorgfältig vorglühen, und dann geht dir schon bald das Licht auf." „Vorglühen?" fragte der verkleidete König, „Ei, wie soll denn das gehen?"

„Na so!“ rief der Mann und versetzte Ottokar rechts und links eine schallende Backpfeife. „Sieh nur in den Spiegel, deine Ohren leuchten schon!“ Der König fühlte seine Ohren glühen und freute sich diebisch, dass er so rasch hinter das Geheimnis der Glühbirnen gekommen war.

Zufrieden eilte er zurück nach Hagen. Fortan ließ er sich bis an sein Lebensende zu jeder vollen Stunden von einem seiner Lakaien zwei Backpfeifen verpassen, ohne dass ihm jedoch jemals ein Licht dabei aufging. Die hellen Köpfe aus Sundern aber freuten sich, dass sie den schrappigen Ottokar so genarrt hatten.

*Heute hat die funzelige Energiesparbirne schon fast im ganzen Sauerlande die kornbetriebene Glühbirne abgelöst.*
*Das Tüfteln und Basteln mit Licht lieben die Menschen zwischen Sundern und Arnsberg aber bis auf den heutigen Tag.*
*Auf der alljährlichen Lichtwoche zeigen sie sich immer noch gegenseitig ihre schönsten Leuchten.*
*Und wenn sie auf der Messe hie und da mal einen Korn kippen, dann geschieht das ausschließlich zum Gedenken an Osram von Candela, den Erfinder der Glühbirne.*

# DIE SEMMELSCHLACHT UM ATTENDORN

Warum die Attendorner am Karfreitag ihr Brot segnen

Nur die alleralleraltesten Sauerländer und diejenigen, die im Geschichtsunterricht ganz weit hinten gesessen haben, können sich heute noch daran erinnern, dass die wunderbare Stadt Attendorn einstmals an Größe und Pracht nur von Byzanz und Bottrop übertroffen wurde. Attendorn galt jahrhundertelang als Nabel der Welt, und im Sauerländer Dom der Stadt wurden seinerzeit sogar die kurkölnischen Wanderpäpste gekrönt. Aber wir haben doch den Sauerländer Dom! hör ich da die Neheimer greinen. Tja, da kann ich doch nix dafür, ihr Kappesköppe, dass ihr den Attendornern den Namen abgekuckt habt, woll!

Attendorn jedenfalls ist eine Stadt voller Geschichten, und heute will ich dir davon erzählen, warum dort einmal im Jahr die Menschen ihre Brote vor dem Sauerländer Dom segnen lassen.

Vor langer, langer Zeit bedrohten die Osmanen das Heilige Römische Reich. Auf dem Vormarsch nach Westen belagerten die Mannen Süleyman des Prächtigen bekannterweise die Stadt Wien. Wie sie da nun so belagerten und belagerten, wurde es einigen von ihnen doch außerhalb der Sturm- und Drangzeiten arg langweilig, denn nach Feierabend war nicht viel los im türkischen Lager. Also beschloss die Armee von Sultan Attakefir, weiter ins Reichsinnere vorzudringen und die Zelte woanders aufzuschlagen. Nach wenigen Tagen erreichten sie das Sauerland und sahen schon aus weiter Ferne die goldenen Kuppeln der Stadt Attendorn. „Dönerwetter!" soll Attakefir gestaunt haben, als er die prächtige Metropole zum ersten Mal erblickte.

So marschierte die türkische Armee bis vor die Stadtmauern und versuchte es erst einmal auf die nette Tour. Sie klingelten am Stadttor und verlangten, dass man ihnen aufsperre oder zumindest die Öffnungszeiten mitteile, damit das Morden, Plündern und Brandschatzen ohne größere Verzögerungen vonstatten gehen könne. Der Torwächer jedoch erklärte den Türken, dass man unangemeldete Überfälle in Attendorn nicht so gerne hätte und verweigerte den feindlichen Truppen den Zutritt zur Stadt.

Jetzt waren die Osmanen natürlich stinkesauer, weil sie ja gerade auf's Belagern und vor hohen Stadtmauern Rumlungern keinen großen Bock hatten. Also erklärten sie Attendorn den Krieg. Wie sie so am Erklären waren, tauchten oben auf den Zinnen der Stadtmauer immer mehr Bürger und Schützen der Stadt auf, um die Kriegserklärung mitzuhören. Jeder von ihnen war schwer bewaffnet und strotzte voller Kampfeslust, denn die Attendorner waren schon zu jener Zeit als die tapfersten aller Sauerländer bekannt. Wie es über den türkischen Truppen nur so blitzte und klirrte vor Arkebusen, Schwerter und Zwillen, da fuhr diesen ein gewaltiger Schrecken in die Knochen und sie zogen sich auf den Campingplatz in der Waldenburger Bucht am Biggesee zurück. Dort, so hofften sie, konnten sie Kräfte sammeln für die Attacken auf Attendorn und ansonsten die vielen Möglichkeiten des dortigen Freizeitangebotes nutzen, falls sich das Belagern hinziehen sollte.

Nach einem entspannten Segelwochenende stürmte die erste osmanische Angriffswelle Montagmorgens auf die Stadt zu. Die Attendorner jedoch hatten sich wohl gewappnet, und jeder feindliche Krieger, der die Zinnen der Stadtmauer erklomm, wurde fein säuberlich aufgeschlitzt, und wenn das nicht reichte, geteert, gefedert, geröstet und gevierteilt. Da das ziemlich wehtat, begann ein großes Wehklagen unter den Angreifern, und kurz vor der Mittagspause humpelten die meisten von ihnen wimmernd von dannen.

Sultan Attakefir jedoch wollte sich nicht geschlagen geben und sann auf eine List, wie er die Attendorner besiegen könne. Wie es der Zufall wollte, ergriffen seine Häscher am Ufer der Bigge den städtischen Pilzesammler. Der hatte sich unvorsichtigerweise zu nah an das türkische Lager gewagt, weil er dort eine schöne Ecke für Steinpilze kannte. Unter der Androhung, seinen Korb voller Pilze zu requirieren, verriet der Mann den Osmanen ein gut gehütetes Geheimnis: die Attendorner Kniepigkeit. Die kam daher, dass man in der Münzstadt Attendorn noch mehr als anderswo im Sauerland sehr am Gelde hing und es nur ungern hergab. Da strich sich Attakefir über den Bart und beschloss, den Geiz der Attendorner auszunutzen und gegen sie zu verwenden.

Wie also die Nacht herbeikam und alles schon recht finster wurde, schlüpfte der durchtriebene Sultan in einen bunten Lumpenrock, klebte sich einen Schnauzbart an und machte sich mit einer großen Schiebkarre auf in Richtung Stadt. Wie er nun am Stadttor ankam und klopfte, steckte das Wächterlein seinen Kopf hinaus und frug: "Ei guter Mann, wer biste denn und was willste hier? Du bis mich doch kein Osmane, woll?" „Nä," erwiderte der betrügerische Fremde, „binnich de beste Scherenschleif, mach ich schön de Schere schaaf unte Messers schaaf unte Regenschirmse heile!" Dabei schlug er das Tuch zurück, welches über seiner Karre lag und siehe an, dort saß ein kleines Äffchen im Fracke, vergnüglich Rabatz machend auf einen runden Schleifstein.

„Ei der Daus! Ein Äffchen auf dem Schleifstein! Du scheinst ein Meister deines Faches zu sein, Bürschken", tönte es ihm entgegen. „Aber trotzdem kannich dich nich inne Stadt reinlassen, denn ich kenn dich donnich, woll."

Der gewitzte Türke wusste aber, wie dem Wärter beizukommen war: „Komm, gute Tormann, habich töffte Sonderangebot! Binnich de beste Scherenschleif, mach ich schön de Schere schaaf, unte Messers schaaf, unte Regenschirmse heile – für ganz Attendorn, nur heute für umsonnz!“

Und so wie „Sesam öffne dich“ Ali Babas Räubern den Berg öffnete, so tat sich beim Zauberspruch „für umsonnz“ das Attendorner Stadttor auf und der Osmane wurde samt Karre eingelassen. In Windeseile sprach sich im Orte herum, dass man ohne zu zahlen seine Scheren und Messer schleifen und seine Regenschirme neu bespannen lassen könne. Da eilten die Bürger herbei und trugen aus jeglichen Ecken und Winkeln alles zum falschen Scherenschleif, was an schärf- und spannbaren Utensilien zu finden war. Selbst die tapfere Stadtwache war so versessen auf das Gratisangebot, dass ihr Oberst befahl, dem Manne sämtliche Schwerter und Streitäxte zu übergeben, auf dass er sie rasch noch schärfe, bevor die Osmanen kämen. „Keine Problem,“ versprach ihm der Betrüger, „morgen gaanz früh bringe alle wieder, Scheffe!“

Dann verneigte er sich vor den Bürgern und Soldaten, machte auf dem Absatz kehrt und verschwand in der Dunkelheit, wobei das Äffchen so tat, als würde es bereits die ersten Messerchen schärfen. Alle waren's zufrieden und begaben sich zu Bette. Wie am Morgen die Hähne krähten und die Attendorner erwachten, war die Stadt bereits vom türkischen Heere umzingelt. „Au Backe,“ rief der Oberst, „wenn der Scherenschleif nich gleich mit unsern Prürteln zurückkommt, dann krichter aber schweren Ärger!“ „Jau!“

pflichtete ihm der Wärter des Stadttores bei, „Der hat schließlich aunoch unsern einzigen Stadtschlüssel, der Pflaumenaugust! Den wollter mir bis heute morgen nachmachen, hatter gesacht!" Die Stadtbewohner stiegen auf die Stadtmauer und blickten in alle Richtungen, wo denn der Scherenschleif nun abbliebe. Wie sie so standen und kuckten brach plötzlich unter den Belagerern großes Gelächter aus. Die türkischen Soldaten wedelten den genarrten Bürgern mit den erbeuteten Waffen, Regenschirmen und dem güldenen Stadtschlüssel zu. Dabei gröhlten sie: „Messer schaaf und Schirmkes heile, Attendorn, gleich gipptes Keile!" Weil es aber unter den Osmanen damals die Sitte war, vor größeren Plünderungen noch einmal daheim anzurufen, um zu fragen, was man in Konstantinopel noch so brauchen könne, gewannen die Attendorner wertvolle Zeit, sich zu beraten, wie man auch ohne Waffen etwas gegen die blutrünstige Bande ausrichten könne. Ausbüxen ging nicht, da die schlauen Osmanen die Stadt natürlich von außen abgeschlossen hatten.

„Was können wir nur tun, damit sich der Feind trotz unserer Wehrlosigkeit die Zähne an uns ausbeißt?" fragte der Bürgermeister die Honoratioren der Stadt. „Wenn die Osmanen sich die Zähne ausbeißen sollen, geben wir ihnen doch Bäcker Selscheids Schwarzbrot zum Schmecken, woll!" erwiderte einer von ihnen.

„Ja sierker!" pflichtete ihm der nächste bei, „und mit dem sein doppelt Gebackenes kannze einen tothaun! Auf, auf, zur Backstube, alle Mann an die Brote!" Als die Turmuhr Zwölfe schlug, war die ganze Stadt bis an die Zähne mit Broten bewaffnet und man beschloss, nun seinerseits zu einer List zu greifen. Als kurze Zeit später das Äffchen in einer kleinen Montgolfiere über die Stadt flog, um die Lage auszuspionieren, fand es die Straßen und Gassen von Attendorn wie leergefegt. Wohin es auch blickte, es war keine Menschenseele zu sehen. Sofort nach der Rückkehr des Äffchens ließ Attakefir die Luftaufnahmen auswerten und ballte triumphierend seine Faust: „Sie haben sich in ihre Löcher verkrochen, die waffenlosen

Dummbärte!“ Dann ließ er zur Attacke blasen und ritt seinen Truppen voran auf Attendorn zu. Ihre Krummsäbel blitzten in der Sonne, und ihre gefürchteten, mit Kümmelschrot geladenen Musketen schepperten nur so. Der Sultan schloss das Stadttor auf und ließ seine blutrünstige Truppe ein. Da ihnen niemand Widerstand leistete, standen die Osmanen in Nullkommanix auf dem Attendorner Markt und rüttelten an den Toren des Sauerländer Domes, um die Opferstöcke darin zu plündern.

In diesem Moment prasselte ihnen vom Kirchturm aus eine Salve knüppelharter Roggenbrötchen von vorgestern um die Ohren und riss eine tiefe Schneise des Grauens in die Schar der verwirrten Angreifer. Kaum hatten sie sich vom ersten Schreck erholt, sahen sich die osmanischen Soldaten von brotschwingenden Attendornern eingekreist. Die steinharten Krusten der Sauerländer Schwarzbrote ließen selbst helmbewehrte Schädel zerplatzen, und scharfkrustige Mangbrote richteten die Osmanen übel zu. Im ersten Gegenangriff droschen die türkischen Kämpfer von ihren Streitrossen aus mit Krummsäbeln auf die Attendorner nieder, doch diese hielten sich alte Roggensemmel schützend über den Kopf. Mit jedem Hieb wurde so zwar das Brot gekerbt, aber seinem Besitzer geschah kein Leid. Als der Nahkampf gegen die Übermacht der Brote immer aussichtsloser wurde, befahl Sultan Attakefir seinen Musketenschützen, mit scharfem Kümmel in die Sauerländer Helden zu feuern. Es knallte, es rauchte, es krümmelte gewaltig, doch siehe da, die klugen Attendorner hatten sich die Brote wie Brustpanzer vor den Leib gehängt und damit den Kümmelhagel unversehrt überstanden. Sie holten nun ihrerseits die letzten Zimtsterne aus den Weihnachtsdosen und ließen sie den Osmanen mit Schmackes um die Ohren sirren. Der Kampf wogte hin und her, bis Sultan Attakefir, von mehreren Mohnbrötchen schwer gezeichnet, dem Bürgermeister von Attendorn einen Waffenstillstand anbot. Dieser willigte nur zu gern ein, da seine Kämpfer bis auf zwei Backbleche alten Spritzgebäcks keinerlei Munition mehr hatten.

Also verhandelten die Kriegsparteien miteinander, und kurz vor zwei wurde beschlossen, dass die Türken ihre Belagerung einzustellen hätten. Die Attendorner hingegen mussten versprechen, nie wieder ein hartes Sauerländer gegen andere Menschen zu erheben. Der Bürgermeister und der Sultan schüttelten sich die Hand darauf, und so fand die Semmelschlacht um Attendorn ein gutes Ende.

Auch heute noch findest du überall in der Gegend Spuren der osmanischen Belagerung. So benannte man die Attahöhle nach Sultan Attakefir, und das türkische Fladenbrot für die leckeren Dönertaschen der Stadt wird in Erinnerung an die gute alte Zeit stets säuberlich geviertteilt.

Die Attendorner aber versammeln sich alljährlich am Karsamstag um vierzehn Uhr vor dem Sauerländer Dom und lassen ihre Brote zur Erinnerung an die glorreiche Semmelschlacht vom Pfarrer segnen. Die Einkerbungen an beiden Enden der Brote sind nicht, wie viele vermuten, altchristliche Fischsymbole, österliche Hasenohren oder gar Teufelshörner, sondern sie erinnern an die Kerben, die Türken einst mit ihren Krummsäbeln in die Backwaren semmelten. Der Tradition nach wird in jedem Brot zudem eine Schrotladung frischen Musketenkümmels verbacken. Und damit kein Muselmane ihm die Stulle mopst, legt der gewiefte Attendorner sicherheitshalber ein schönes Scheibsken Knochenschinken vom Schwein oben drauf!

*Du glaubst mir nicht?*
*Dann fahr doch Ostern nach Attendorn,*
*schneid dir eine Scheibe gesegneten Mischbrotes ab,*
*und du wirst die ganze Kraft des Sauerlandes schmecken.*
*Wie? Dein Messerchen ist nicht scharf genug dafür?*
*Dann ruf doch das Äffchen mit dem Schleifstein,*
*das wird dir die Klinge schon schärfen!*

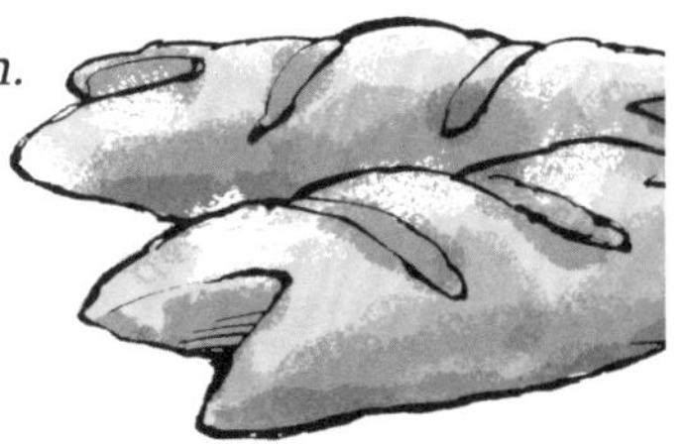

# DIE SIEBEN JUNGFERN

Ein Mahnmal für das sündige Sauerland

Wenn ihr schon einmal durch das herrliche Hönnetal von Lendringsen nach Volkringhausen gefahren seid und trotz der vielen Kurven Zeit hattet, kurz aus dem Fenster zu schauen, dann kennt ihr bestimmt die berühmte Felsengruppe der sieben Jungfern. In einer Reihe stehen sie dort an der Straße, fein säuberlich aufgereiht, alle in etwa gleich groß und gleich breit.

Eine Sage will uns nun weismachen, dass es sich bei diesen sieben Jungfrauen um die sieben Töchter eines Ritters handelt, die von einer alten Hexe wegen ihrer Eitelkeit und Undankbarkeit in Steine verwandelt wurden. Wie es aber der Zufall so will, war mein eigener Urgroßvater beim Bau der Hönnetalbahn mit dabei. Er litt unter einem so schweren Schatten, dass sich einst zur heißen Mittagszeit ein Wanderprediger zur Abkühlung neben ihn setzte. Aus Dankbarkeit erzählte er meinem Ur-Oppa die wahre Geschichte der sieben Jungfern, und der wiederum gab sie nach einigen Aufgesetzten an uns Kinder weiter. Seit dem weiß ich, wie die sieben Felsen wirklich ins Hönnetal gekommen sind.

Die Geschichte begann vor langer, langer Zeit in Eisborn, als dort das Zweite Sauerländische Konzil tagte, um den Märkischen Glaubenskrieg zu beenden. Damals glaubten die einen nämlich dies, und die anderen wiederum glaubten das, und jeder glaubte sich im Recht.

Also saßen die studierten Herren beisammen und dachten darüber nach, wie man das gespaltene Sauerland einen könnte. Als erstes wurde festgelegt, beim Beten grundsätzlich dreimal den Herrn anzurufen: Oh Herr, oh Herr, oh Herr; eine Regel, an die sich die

Eingeborenen seitdem eisern halten. Danach einigte man sich darauf, die Zehn Gebote auf sieben zu kürzen, weil die Pastoren sich über die langen Schlangen beim Beichten beschwert hatten.

„Du sollst nicht ehebrechen!“ wurde durch ein „außer Karneval“ entschärft, damit wieder mehr Volk zum Mendener Rosenmontagsumzug strömen sollte. Gleichzeitig wurde erlaubt, die Frau des Nachbarn zu begehren, denn als diese unter dem Fenster des Konzils vorbeiging und so lecker nach Maiglöckchen und Melkfett duftete, entfuhr selbst dem Kardinal aus Brilon ein ungläubiges „Teufel noch eins!“ Zu guter letzt wurde das Heiligen der Feiertage vorläufig aufgehoben, damit die Bauern ihre faulen Mägde und Knechte auch am Wochenende in den Hintern treten konnten.

Nach der Mittagspause berieten die hohen Herren über Ablassbriefe und legten fest, wie viel für die Vergebung einer Sünde im Sauerland fällig sein sollte. Die vom Papst empfohlenen Hauptsünden kosteten damals ein Silberstück Strafe, bei kleineren Delikten wie Schwälen, Fücheln oder Klingelmännchen reichten nach wie vor drei Vaterunser oder zwei Rosenkränze. Als man die Hauptsünden gemeinsam durchging, brach zwischen den Konzilteilnehmern ein großer Streit aus. „Hochmut, Neid und Zorn, die will bei uns im Sauerland wirklich keiner!“ sprach der Küntroper Erzbischof, „Aber Trägheit, Geiz, Völlerei und Wollust werden vom hiesigen Volke eher als Sakramente betrachtet!“ „Das ist Ketzerei!“ bölkte Prälat Niggetied aus Nuttlar verärgert. „Na ja,“ sprach der Erzbischof, „Geiz ist für die Einheimischen lobenswerte Sparsamkeit, der Träge gilt als besonders gutmütig, von der Völlerei leben die Gastwirte und wegen der Wollust greifen die Sauerländerinnen an kalten Winterabenden so gerne zur Stricknadel. Das können wir doch nicht bestrafen!“ Der Prälat kratzte sich am Hinterkopfe. „Da hasse auch wieder recht. Aber wenn es im Sauerland zu wenig Hauptsünden gibt, wird kaum einer unsere Ablassbriefe kaufen!“

Und so saßen die Würdenträger die ganze Nacht in Eisborn beisammen und sannen nach einer sauerländischen Sündenlösung. Man lud örtliche Würdenträger hinzu, den Bahnhofswirt aus Binolen, Riemke von Brockhausen, die Erfinderin der Strickliesel, und den dicken Willi aus Wocklum. Wie am nächsten Morgen die Sonne aufging und der Kirchhahn krähte, trat das Konzil auf den langen Balkon der Antoniushütte. Der Kardinal ließ die Kirchenglocken läuten, und das Volk eilte herbei, um dem Beschluss der Würdenträger zu lauschen. „Liebe Gemeinde!“ sprach der Kardinal, „Und liebe Gläubige daheim an den Bildschirmen! Damit zwischen Ruhr und Hönne endlich Ruhe im Kattong ist, hat das zweite Sauerländische Konzil Folgendes beschlossen. Erstens: Jedes Stoßgebet beginnt mit einem dreifachen „Oh Herr!“

„Oherroherroherr!“ seufzte da Oma Schulte, die unterm Balkon auf ihrem Melkschemel saß, „Das kann sich doch kein Aas merken!“ Der Kardinal fuhr fort: „Die Zehn Gebote werden wegen der großen Nachfrage auf sieben Gebote gekürzt! Viel Spaß also ab sofort am Sabbat, beim Ehebrechen und beim Begehren fremder Weiber!“„Hurra!“ riefen die Eisborner Gläubigen, und die Männer schielten dabei zur bezaubernden Frau des Nachbarn.

Als das Jubeln verklungen war, fuhr der Kardinal fort: „Die bekannten sieben Hauptsünden könnter ebenfalls vergessen. Statt ihrer gelten ab Ostermontag überall zwischen euren tausend Bergen die sieben Sünden des Sauerlandes. Zuwiderhandlungen werden in der Hönnetaler Ablasskartei erfasst und mit Geldstrafen, in schweren Fällen mit Exkommunizierung geahndet. Also Ohren spitzen und fein aufpassen, meine Schäfchen!

Sauerlandsünde eins ist das Jammern. Wer ein Weichei ist, der wird verbannt ins Rheinische. Bläddern, Kreitern, Flennen, alles verboten, der waschechte Sauerländer kennt keinen Schmerz!

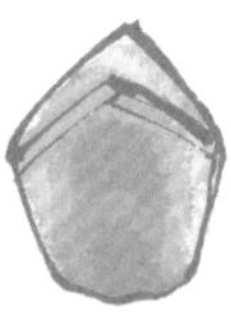

Sauerlandsünde zwei die Ungeduld. Wer es stets eilig hat, wer hibbelich auf der Kirchenbank herumrutscht oder wer nicht sieben Minuten auf sein Pils warten kann, der zahlt einen Silbertaler in die Ablasskasse. Wahrlich ich sage euch: Macht es wie der Oberkellner! Er kommt ohne Hast, er geht ohne Eile und bringt er das Bestellte ohne zu hetzen!" „Hoch lebe der Oberkellner!" rief der Eisborner Stammtisch.

Der Kardinal winkte den Männern zu und fuhr dann fort: „Als Sauerlandsünde Nummer drei gilt von jetzt bis ans Ende aller Tage das Nichtaufessen. Wer körsch ist und im Essen rummust, wer dies nicht mag, jenes verschmäht und seinen Teller nicht leer isst, kommt ab sofort nicht mehr in den Himmel!" „Gilt das auch bei Graupensuppe?" rief der kleine Oventrop nach oben. „Ob Graupensuppe, frische Kröse, saurer Pansen oder Haferschleim mit Ziegenmilch," drohte ihm der Kardinal, „gegessen wird, was auf den Tisch kommt!" Da weinte der kleine Oventrop bitterlich, und viele Eisborner Kinder stimmten in sein Schluchzen ein.

Nach einer Schweigeminute erhob der Kardinal wieder seine mächtige Stimme: „Sauerlandsünde vier ist die Geschmacksverirrung. Wer von euch im Hinterland von Borussia Dortmund und Schalke 04 die Bayern aus München anbetet, wer Bayernflaggen in seinem Garten hisst oder Sammelbildchen mit Bayernspielern in sein Gesangbuch klebt, wird mit Verachtung nicht unter einer Spielzeit bestraft!" „Was ist mit Werder Bremen oder Eintracht Frankfurt?" klang es hinauf zum Balkon. Da hob der Kardinal seinen Arm, und segnete den Zurufer mit den Worten: „Selig sind die Armen im Geiste!"

Dann fuhr er mit fester Stimme fort: „Sauerlandsünde fünf ist die Furcht vor der Natur. Wer von euch im dunklen Walde schweren Bammel hat, wer bei Gewitter schisserich das Freibad verlässt oder wer nur ihm bekannte Waldpilze verzehrt, der glaubt,



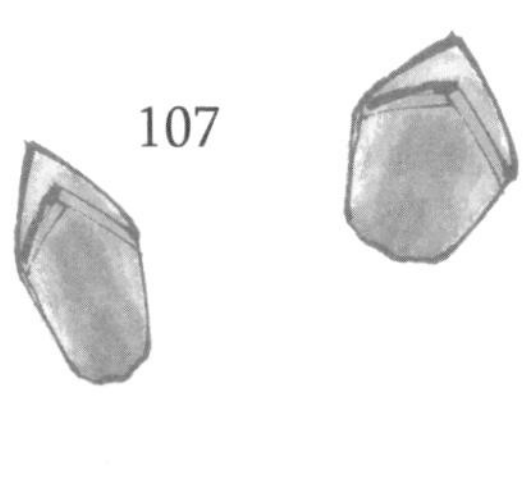

dass das Böse die Natur beherrscht und begeht dadurch schwere Ketzerei!" Da rumpelte und donnerte es plötzlich gewaltig, und der Kardinal nahm volle Deckung hinter der Balkonbrüstung. Unter dem Volke jedoch erhob sich großes Gelächter, donnerte es im Hönnetal doch ständig, wenn im nahen Asbecker Steinbruch der Kalkstein gesprengt wurde. „Spaß muss sein!" beruhigte der Kardinal die Gemeinde, stand auf und klopfte sich den Staub vom Ornat.

„Jetzt aber zur sechsten sauerländischen Sünde: Es ist das Erbrechen. Was oben hinein geht, darf nur unten heraus! Wer rückwärts isst, reihert wider die Natur, denn der Herr hat den Sauerländern nicht umsonst Mägen aus Stein und Strubbeligen mit Boonekamp geschenkt.

Sauerlandsünde sieben beschließt den Katalog der schweren Frevel: Das Rementern! Das Sauerland ist doch so schön friedlich und still! Wer also sein Mopped schlecht frisiert, nach zehn Uhr noch schwer Halligalli beim Grillen macht oder gar am heiligen Sonntag Rasen mäht, der soll ohne Brandsalbe im Fegefeuer schmoren!" Dann segnete er die Menge und entließ sie mit den Worten: „Nun gehet hin in Frieden und sündigt nicht. Mahlzeit!"

Wie die Sauerlandsünden nun alle bekannt gegeben waren, da begann ein aufgeregtes Gemurmel unter dem Volke, und die Eisborner fragten den Kardinal, ob es das Ganze auch noch mal schriftlich geben würde. „Seid nicht so ungeduldig!" tadelte sie der hohe Geistliche, „Das ist nämlich Verstoß gegen Sauerlandsünde zwei und kostet euch ein Silberstück!" Jetzt begann ein großes Geschrei und Geweine, denn ein Silberstück war damals viel Geld. „Verstoß gegen Sünde eins, das Jammern! Kostet noch ein Silberstück, ihr Heulsusen!" klang es hinab vom Balkone. „Schreibt's euch hinter die Ohren!"

Weil damals aber kaum einer schreiben konnte, ließ das Konzil entlang der Hönne sieben mächtige Gedenkpfeiler aus dem Kalkstein meißeln, einen für jede Sauerlandsünde: das Jammern, die Ungeduld, das Nichtaufessen, die Geschmacksverirrung, die Furchtsamkeit, das Erbrechen und das Rementern. Und da niemand die heiligen Kalkfelsen zu berühren oder zu besteigen wagte, bezeichnete der Volksmund sie alsbald als die sieben Jungfern. Dä!

*Wie? Du willst mir nicht glauben?*
*Dann ordne die Anfangsbuchstaben der sieben Sünden nur fein,*
*und schon schaut dich eine der sieben Jungfern an, du Naseweis!*

# HANSI UND GRETEL

## Wie Olpe zum Hexenturm kam

Zwei Dachswürfe nördlich von Olpe lebte einstmals ein Handwerker mit seiner Frau und seinen zwei Kindern Hansi und Gretel. Obwohl er seine Kunden nach Handwerkerart tüchtig schröpfte und Anfahrtskosten schon ab zwanzig Meter berechnete, klagte er doch den lieben langen Tag, wie schlecht es ihm ginge.

Wie dann aber auf Geheiß der deutschen Kanzlerin eine große Teuerung ins Land kam, konnte er die Abzahlung für seine Villa am Waldesrand und die Jacht in Monte Carlo wirklich kaum noch schaffen. Als er sich nun abends im Bette Gedanken machte und sich vor Sorgen herumwälzte, seufzte er und sprach zu seiner Frau: „Was soll nur aus uns werden? Alles wird teurer, und die Blagen fressen uns zusätzlich die Haare vom Kopfe. Schon bald werden wir für uns selbst nichts mehr haben." „Weißt du was, Mann?" antwortete die Frau, „Wir wandern morgen in aller Frühe mit den Kindern hinaus in den Wald, bis dorthin, wo er am dicksten ist. Dann spielen wir mit ihnen Verstecken, und während sie noch am Zählen sind, machen wir uns auf und davon! Sie finden den Weg nicht wieder nach Haus, und wir sind sie los." „Nein, Frau," sagte der Handwerker, „das tue ich nicht; wegen der Kinder ist's mir noch egal, aber *Wandern,* das hört sich für mich zu sehr nach Arbeit an." „Oh, du Dummerjan," sagte sie, „so müssen wir bald Sekt statt Schampagner trinken und können nur noch einmal am Tag Kaviar essen!" „Mein lieber Herr Gesangverein!" entfuhr es da dem Mann, „Dann packe ich doch schomma Rucksack und Kühltasche für morgen, woll!"

Als der Tag anbrach, noch ehe die Sonne aufgegangen war, kam schon die Frau und weckte die beiden Kinder: „Steht auf, ihr Faulenzer, wir wollen ein bissken durche Gegend juckeln und

irgenzwo schön Wandern." Die Kinder murrten natürlich, denn Hansi war für sein Alter ein ziemlicher Kawenzmann, dem die Bewegung nicht so zusagte, und seine verwöhnte Schwester Gretel wollte normalerweise zehnmal gefragt werden, bevor sie irgendetwas tat. Wie sie nach langem Gedöns und einer strammen Wanderung nun endlich mitten in den Wald gelangt waren, sprach der Vater: „Nun lasst uns Rasten und gemeinsam Verstecken spielen! Mutter und ich verstecken uns, ihr beiden macht die Augen zu, zählt bis Hundert und müsst uns dann suchen!" Die Kinder taten, wie ihnen geheißen, hielten sich die Augen zu und zählten. Wie sie aber bei Hundert ankamen, waren die Eltern schon längst zurück zum Auto gelaufen und davon gebraust.

Hansi und Gretel suchten ein Weilchen lustlos herum, setzten sich dann auf einen Baumstuken und langweilten sich arg. Das wurde auch nicht besser, nachdem Hansi den Inhalt des Rucksacks verputzt hatte und Gretel schon ihre vierte Cola aus der Kühltasche nahm. „Boah, is das voll öde hier", sprach sie zu ihrem Bruder, „Die Alten haben sich bestimmt verlaufen! Komm, lass und nach Hause gehn, ich happ hier kein Trieb mehr drauf." Gesagt, getan! Und weil der Hansi zwar dick war, aber nicht doof, hatte er sich natürlich beim Wandern die weißen Markierungen des SGV gemerkt, die überall im Walde die Wege markierten. Erst A2, dann A3, nun dem kleinen Viereck gefolgt, und rupptitupp gelangten die Geschwister an den nächsten Wanderparkplatz, von wo aus sie per Handy ein Taxi bestellten und nach Hause fuhren.

Als die Mutter die beiden durch die Tür kommen sah, rief sie: „Da seiter ja endlich! Versteck spielen macht Spaß, woll!" Insgeheim aber ärgerte sie sich krumm, dass sie die verwöhnten Gören nicht losgeworden war. Nicht lange danach war, wie bei fast allen Handwerkern, der jährliche Neuwagen fällig, und die Frau bedrängte ihren Mann abermals: „Vatter, lass uns den Zweisitzer bestellen! Die Kinder bringen wir einfach noch tiefer in den finstren Wald, und fertich!" Dem Mann wurde es schwer ums Herz, weil Hansi ja seine Rente sichern sollte und Gretel ihm im Alter die Fußpflegerin ersparen sollte. Aber die Frau nöhlte und greinte und drohte mit einer langen Migräne, bis der Mann ihr endlich zustimmte.

Am frühen Morgen kam die Frau und holte die Kinder aus dem Bette. Man fuhr in einen noch ferneren, noch dichteren Wald, der war so rabenschwarz, wie es nur im Sauerland und am Amazonas vorkommt. „Nun sammelt Holz, meine Kinderlein, ich will uns ein Feuerken anmachen, und dann grillenwe uns war Schönes!" Hansi und Gretel zeigten den Eltern natürlich einen Vogel, denn die vermaledeiten Reisige sollten sich diese mal schön selber suchen. „Schon gut, schon gut!" antwortete die Mutter, „Wenn wir mit Sammeln fertig sind, kommen wir zurück und bereiten euch ein schönes Grillfest!" Also verschwanden die Eltern im Walde, bückten sich aber nicht nach Brennholz, sondern liefen abermals zurück zum Auto und brausten davon.

Weil der nudeldicke Hansi nun von Hause aus ein erschöpfter Typ war und Gretel ihrem Alter gemäß häufig unter faulem Fieber litt, machten sie es sich beim Warten im weichen Moose bequem und schliefen rasch ein. Als sie wieder wach wurden, war's schon so spät am Abend, dass man die Käuzchen kauzen hörte. Die Geschwister aber konnten die Eltern nicht mehr finden, und in der abendlichen Dunkelheit waren auch nirgendwo die weißen Zeichen des SGV zu erkennen. Also irrten sie ängstlich weiter und gerieten dabei immer tiefer in den Wald. Bald schon taten der Gretel die Füßlein weh, und dem Hansi knurrte das Bäuchlein wie ein hungriger Bär. Da weinten sie sehr und wären gern wieder in der elterlichen Villa gewesen, um sich vom Dienstmädchen eine Schnittchenplatte ans Bett bringen zu lassen.

Wie Hansi in seiner Not erneut zu seinem Telefonapparätchen griff, fehlte es leider, wie an vielen Stellen im Land der tausend Berge, an genügend Netzabdeckung und der dicke Bube bekam kein Signal. Oh je! Da begannen die Kinder, sich gegenseitig Vorwürfe zu machen, denn im Sauerland gilt die alte Regel, dass grundsätzlich immer der andere an allem Schuld ist. Während sie so zickten und zankten, gelangten sie unversehens an eine kleine Lichtung in den Fichten. Dort stand ein wundersames Häuschen, das war ganz aus Schwarzbrot gebaut und mit Spiegelei gedeckt. Die Fenster waren aus hauchdünn geschnittenem Knochenschinken, und der Zaun rundherum aus feinsten Cocktailgürkchen. „Ein Schinkenschnittchen! Das wollnwe uns gleichma reinhauen", sprach Hansi, „Ich will die Außenwände, das Dach und Fenster essen, Gretel, du kannz am Gurkenzaun mümmeln, das ist besser für deine Figur!" Hänsel reichte in die Höhe und zog ein Spiegelei vom Dach ab, um zu versuchen, wie es schmeckte. Gretel stellte sich an den köstlichen grünen Gurkenzaun und knupperte hungrig daran. Da rief plötzlich eine feine Stimme aus der Stube heraus:

„Knupper, knupper, Knäusken,
wer knuppert an meim Häusken?"

Die Kinder aber hatten solchen Kohldampf, dass sie sich nicht stören ließen und unerschrocken weiter aßen. Hänsel, dem das Eierdach sehr gut schmeckte, hatte in Nullkommanix das halbe Häuschen abgedeckt und machte sich nun an die Schinkenfenster. Gretel brach ein Gürkchen nach dem anderen ab, setzte sich nieder und tat sich wohl daran. Da ging auf einmal die Türe auf, und eine steinalte Frau, die sich auf eine Krücke stützte, kam herausgeschlichen. Die Alte sprach: „Ei, ihr lieben Kinderkes, wie kommt ihr denn hierher? Kommt ma schön bei de Omma, die betüttelt euch ein bissken." Sie fasste die beiden an der Hand und führte sie in ihr Häuschen. Wie staunten da die verwöhnten Kinder, als sie neugierig eintraten! Alles war aus salzigen und süßen Leckereien hergestellt: Da gab es Möbel aus Süßholz, eine alte Tictac-Uhr, eine Schrankwand aus knusprigem Printenspan, und als Teppich lag ein großer Blaubeerpfannkuchen in der guten Stube.

Dann ward ein gutes Essen aufgetragen, und die Hexe bot den Geschwistern an, die Nacht bei ihr statt im finstren Walde zu verbringen. Die beiden stimmten ein und bekamen ein Bettchen ganz aus Zuckerwatte, das war so weich, dass es die Kinder däuchte, sie wären in dem feinen Hotel auf Sylt, wo sie die Oster-, Pfingst- und Herbstferien immer verbrachten.

Die Alte aber hatte Hansi und Gretel nur etwas vorgemacht, denn sie war eine böse Hexe, die verfressenen Sauerländer Kindern im Walde auflauerte und in ihr Schinkenschnittchenhaus lockte. Wenn sie eins in ihre Gewalt bekam, so mästete sie es, bis das Kind richtig dick und fett war. Dann brachte sie es um die Ecke, machte einen schönen Braten daraus, ließ sich diesen mit viel Soße gut schmecken und fror den Rest portionsweise für später ein. Wie die böse Alte nun den dicken Hansi und die süße Gretel tief und fest schlafen sah, lief ihr die Hexenspucke schon im Maul zusammen. „Die sollen mir nicht wieder entwischen!" murmelte sie leise, leckte sich über ihre hässlichen Hexenlippen und ging nach Hexenart ganz ohne Nachtgebet zu Bett.

Früh morgens, als sie wach wurde, blinzelte der Alten die Sonne fröhlich in die Augen. Nanu, dachte sie, hatte ich die Fensterläden nicht geschlossen? Doch wie sie hin zum Fenster sah, war dieses fort. Der Rahmen aus Minisalami, die Vorhänge aus Schinken, das Glas aus gesunder Gelatine, einfach alles futschikato! Wie die Hexe nun eilends aus dem Bette springen wollte, bemerkte sie, dass sie direkt auf dem Fußboden schlief und das Bettgestell aus Zuckerstangen fehlte. Die Alte erhob sich mühsam und bekam einen tüchtigen Schreck, denn ihr ganzes Haus war einfach weg! Wo abends noch Schwarzbrotwände, Eierdach und Schinkenvorhänge waren und der gute Teppich aus Blaubeerpfannkuchen lag, da war jetzt nichts mehr. Die teuren Süßholzmöbel, die Tictac-Uhr, der edle Printenschrank: Alles Fehlanzeige! Einzig der Kühlschrank war noch da, ratzekahl leer gefressen bis auf zwei Päckchen Blattspinat im

Tiefkühlfach. „Ach du lieber Teufel, was ist denn hier am Start?" fragte sich die böse Hexe.

Doch da sah sie schon Hansi und Gretel, die schmatzend im Vorgarten saßen und sich gerade das letzte Stück Zuckerwatte von ihrem Nachtlager teilten. Die Hexe stellte sich stinkesauer mit ihrem Hexenbesen vor die Kinder und rief:

„Knupper, knupper, Knäusken,
Verdorrie, wo is mein Häusken?"

„Hier!" stöhnte der dicke Hansi zufrieden und zeigte auf seine prächtige Plautze. Und Gretel erklärte der Alten keck: „Wir hatten voll den Schmacht, und du wars ja am Pennen, Omma. Da wollten wir dich nicht wecken und haben uns einfach selbst bedient." „Ja seid ihr denn von allen guten Geistern verlassen!" bölkte die Hexe. „Die ganze Bude! Einfach weg! Das gipptes doch ganich!" Sie schnappte die Geschwisterlein und rüttelte und schüttelte sie nach Leibeskräften so tüchtig, dass dem nudeldicken Bruder ein gewaltiges Bäuerchen entfuhr. Und wie der Hansi so mächtig losröhrte, da tönte schon eine laute Stimme aus dem Wald: „Ja ist denn schon Brunftzeit?"

Der Oberförster trat neben dem Hexenhaus aus dem Grün, meinte er doch, einen Hirschruf vernommen zu haben. „Was macht ihr drei denn hier in meinem Forst?" fragte er die Alte. „Na ich wohne hier." sprach die Hexe, und zeigte auf den Fleck, wo abends noch ihr Haus gestanden hatte.

„Veräppeln kannich mich alleine!" sprach der Mann, „Was is hier los?" „Die Alte hat uns blöd angequatscht!" petzte Gretel. „Und mich hat sie volle Kanne geschüttelt!" rief Hansi. „So, so!" schimpfte der Oberförster die Hexe aus.

„Kein fester Wohnsitz, ungepflegte Erscheinung, harmlose Kinder im Walde belästigt: Das gibt Ärger!" Zur Strafe musste die böse Hexe mit ihrem Hexenbesen den ganzen Wald fegen, dann wurde sie in den Olper Hexenturm gesperrt und musste dort bis an ihr Lebensende ZDF kucken.

Hansi und Gretel aber folgten endlich den treuen Wanderzeichen Richtung nach Hause, schmetterten ein fröhliches Lied, und weil das Handy endlich wieder ein hübsches Netz hatte, bestellten sie sich schon von unterwegs eine große Mettpizza nach Hause. Mit doppelt Zwiebeln! Der Vater und die Mutter aber sahen ein, dass Sauerländer Kinder so schwer los zu kriegen sind, wie Kletten aus einem Hundepelz. So kam es, dass Hansi und Gretel bis ans Ende des gesetzlichen Kindergeldes weiter bei den Eltern wohnen und sie tüchtig nerven konnten. Und wenn sie nicht aus dem Hause sind, dann nerven sie noch heute!

*Du schüttelst mit dem Köpfchen, mein Peterle?*
*Du glaubst nicht, dass es im Sauerland Hexen gibt,*
*mein liebes Lieselottchen?*
*Wer fegt denn dann unsere astreinen Wälder*
*so schön sauber, ihr Schlauberger?*
*Und für wen hat man denn dann den Hexenturm in Olpe gebaut?*
*Hinsetzen, ihr Dösköppe!*
*Das gibt eine Fünf minus in Hexenkunde!*

*Mich hat in Olpe übrigens auch einmal eine Alte verhext,*
*aber davon berichte ich besser nichts,*
*sonst macht meine Frau aus mir eine Mettpizza ...*

# HAURUCK, DIE WALDFEE

Briloner Fichtengeschichte

Da wo das Sauerland am tiefsten ist und die Berge am höchsten, liegt das dunkelgrüne Brilon, die waldreichste Stadt unserer Heimat. Südlich der Stadt, bei Brilon-Wald, da lebte vor gar nicht langer Zeit ein braver Holzbauer mit seinem Weib. Die beiden führten ein gottgefälliges Leben, kein Fluch und kein böses Wort waren je über ihre Lippen gekommen. Tagsüber rackerte unser Bäuerchen im Forste, und obwohl ihm die Axt mit den Jahren immer schwerer ward und auch seine treue Säge so manchen Zahn eingebüßt hatte, so reihte er doch nach wie vor Stamm an Stamm in ordentlicher Reihe an den Wegesrand. Sein Ehegespons sorgte sich um den Kohlenmeiler und wusste genau, wie man aus jeglichem Tann wertvolle Holzkohle zu gewinnen vermochte. Diese war nur von allerfeinster Qualität, sogar der große König Hagebau verteilte die schwarzen Klunker säckeweise unter den Grillfreunden in seinem Reich.

Über die Jahre hatten der Frau Qualm und Ruß jedoch arg zu schaffen gemacht, und ein arger Husten quälte sie eines frostigen Winters so sehr, das er ihr das Lebenslichtlein allzu früh ausblies. Da trauerte ihr Gemahl gar sehr, denn nun musste er sich sein Süppchen selber kochen und die gute Stube eigenhändig mit dem Reiser fegen. Am schlimmsten aber war es am heiligen Sonntag, wenn er nach dem Kirchgang in St. Joseph sein karges Auskommen ins Gasthaus Lindenhof tragen musste, statt sich nach dem Schmökern in der Bildzeitung dem eigenen Weibe widmen zu können.

Doch wie die Zeit so ins Land ging und das Trauerjahr vorbei ward, da wurde es dem guten Manne etwas leichter ums Herz und er ließ sein Beilchen wieder fröhlich in den Fichten fliegen. Als er eines Tages ein Liedchen pfeifend in seiner kleinen Sägemühle rumorte und mit seinem blitzeblanken Hobelchen grobe Scheite in feinste Späne für Billy-Regale verwandelte, kam der mächtige Waldgeist Kyrill des Weges. Er mochte das Holzbäuerlein seit langem, weil dieses ihm über die Jahre die vermaledeiten Buchen, Eichen und Birken aus dem Forste gerückt und durch gertenschlanke Fichten ersetzt hatte. So machte dem Kyrill das winterliche Tosen und Bäumeknicken noch einmal so viel Freude, und dafür wollte er dem guten Manne danken.

Der Waldgeist hatte Mitleid mit dem einsamen Witwer. Also wehte er heim zum Hoppernkopf, wo er mit den Waldfeen Holla und Hauruck in einem Luftloch hauste. Der schönen Hauruck befahl er, dem einsamen Fichtenbauern drei Wünsche zu erfüllen. Hauruck kleidete sich in ein Gewand aus Tau mit grauem Spinnennetz und verwandelte sich in ein Regenwölklein. Kyrill atmete tief ein und pustete die Wolke schnurstracks zur Mühle, wo die große Kreissäge dem Waldbäuerlein gerade ihr Lied sang. Als der brave Kerl gerade wieder ein feines Frühstücksbrettchen gesägt hatte und es auf den Stapel legen wollte, saß da Hauruck, die wunderschöne Waldfee plötzlich neben ihm. Sie grüßte ihn freundlich und sprach:

„Guter Mann, der mächtige Waldgeist Kyrill sandte mich aus, um dir drei Wünsche zu erfüllen. Was also sei dein erstes Begehr?“ Nun trug unser Holzbauer aber dicke Ohrenschützer, weil es die Vorschrift so verlangte. Da er das Brettchen mit beiden Händen fest hielt, antwortete er natürlich: „Ich versteh kein Wort, Mädken. Kannze mir ma die Kopphörer apptuhn?“

Die Waldfee wunderte sich über diesen ersten Wunsch, tat aber, wie ihr geheißen und nahm dem Manne die Ohrenschützer ab. „Was kannich für Sie tuhn, Frollein?“ fragte der Mann, während er weiter seiner Arbeit nachging. „Der Kyrill schickt mich, guter Herr, und du hast noch zwei Wünsche frei! Was also ist dein zweites Begehr?“ Weil er aber durch das lange Schaffen in der lauten Sägemühle sehr schwerhörig geworden war, erwiderte der Waldbauer: „Sprich ma'n bissken lauter, Mädken, ich happ immer noch kein Schimmer, wasse von mir willz!“ Die Waldfee seufzte leise und rief, um den zweiten Wunsch des Mannes zu erfüllen, aus Leibeskräften: „Kerrokiste: Kyrill schickt mich, der Waldgeist! Er gewährt dir einen Wunsch!“

Da schüttelte der Sägewerker verärgert den Kopf und zeigte auf das kleine Hörgerät, das er hinter seinem Ohre trug: „Hat kein Zweck, die Batterie is inne Wicken, da bräuchtich ma widder ne neue, woll."

Dieser praktische Wunsch erfreute die Fee, und so schnell, wie du „Waldmeisterbowle" sagen kannst, zauberte sie eine niegelnagelneue Ersatzbatterie herbei. Der Holzbauer war hoch erfreut, dass er endlich wieder etwas hören konnte und bedankte sich artig. Dann betrachtete er die schöne Maid und fragte: „Was hasse gesacht, wie de heisst?" Die Waldfee antwortete: „Ich bin Hauruck, die Waldfee!"

„Verdorrich nochma!" lachte der Mann, „Dann komma mit rübber inne gute Stube, da trinkenwe uns getz ersma 'n schönen Aufgesetzten drauf!" Die Waldfee sagte nicht nein, ein Pinneken gab das andere und die singende Säge spielte den beiden zum Tanze auf. Erst spät in der Nacht verlosch das letzte Lichtlein in der Stube. Die neugierigen Eichhörnchen hörten noch einmal ein letztes „Hauruck!" aus dem Häuschen, und dann begannen die Fichtenspitzen rund um die Sägemühle stürmisch zu wippen. Das kam von Kyrill, dem mächtigen Waldgeist, der zufrieden um das Haus strich. Danach zog er weiter zum Rothaargebirge, wo er sich vor Feierabend noch ein wenig Schonung gönnte. Die hübsche Waldfee aber blieb bei ihrem alten Säger. Freitags kocht sie ihm Astsuppe mit Rindenspeck, samstags backt sie ihm immer einen Baumkuchen, und an jedem dritten Sonntag macht sie ihn wunschlos glücklich.

*Seither sagt man überall im Sauerland,*
*wenn alte Säger und junge Weiber sich zuprosten:*
*Hauruck, die Waldfee!*

# HERR FISCHER UND SEINE FRAU

Anglerlatein vom Lenneufer

Es waren einmal ein Herr Fischer und seine Frau, die wohnten zusammen an der Lenne in einem kleinen Häuschen dicht am Flusse, und der Herr Fischer ging alle Tage hin und angelte; und er angelte und angelte.

So saß er auch einmal mit seiner Angel, vorn ein Stück Blutwurst am Haken, und sah immer in das Lennewasser hinein; und so saß er nun und saß. Da zippte und zuppte es mit einem Mal an der Angel, und als er sie heraufholte, da hing ein großer Döbel daran. Da sagte der Döbel zu ihm: „Tach auch, Meister! Samma, ich bin von Hause aus eigentlich fürs Wasser vorgesehen, woll. Also tu mich widder rein inne Lenne, und lass mich schwimmen, sonnz krisse was auffe Kiemen!" „Getz halt ma de Luft an!" erwiderte Herr Fischer, „Auf somm Laberdöbel wie dich habbich eh kein Bock, woll!" Damit setzte er ihn wieder in das Lennewasser.

Der Mann packte seine Rute und ging zu seiner Frau nach Hause. „Was gippt das denn, wennes fertich is?", sagte die Frau, „Hasse heute nix gefangen?" „Nä," sagte der Mann, „ich hatte einen Döbel am Haken, aber der war so kiebich, da habbich ne wieder schwimmen lassen." „Hasse dir denn nix gewünscht?" sagte die Frau. „Nein," sagte der Mann, „wieso: wünschen?" „Ach", sagte die Frau, „du ollen Kappeskopp, das war bestimmt ein verwunschener Prinz, und von so welche kricht man doch immer somm paar Wünsche frei." Der Mann ging zum Kühlschranke und wollte sich gerade ein Getränk gönnen, da keifte seine Frau: „Lass die Pulle zu und rappzapp runter anne Lenne! Und dann sachsse dem knickerigen Döbel, deine Frau hat Schmacht und will was auffe Gabel." Herr Fischer wollte noch nicht recht, wollte aber auch seiner Frau nicht zuwiderhandeln, weil sie einen kräftigen rechten Haken hatte, und so ging er hin an die Lenne.

Als er dorthin kam, war der Fluss ganz grün und gelb und nicht besonders klar, wie meistens. So stellte er sich hin und sagte:

„Kerrokiste, Grätenmann,
Döbel komm am Ufer ran,
ich happ Ärger mitti Ische,
die will Butter bei die Fische!“

Da kam der Döbel angeschwommen und sagte: „Was willse denn?“ „Ach,“ sagte der Mann, „ich hab dich doch gefangen gehabt und wieder frei gelassen; nun sagt meine Frau, ich hätte mir dafür was wünschen sollen. Sie möchte zwei Pfund Kartoffeln, einen Kopp Salat, was zum Nachtisch und ne Pulle Kellergeister.“ „Geh nur hin,“ sagte der Butt, „sie hat es schon.“

Da ging der Mann hin, und wie er daheim ankam, stand schon ein prächtiger Korb mit den gewünschten Dingen auf dem Tische. „Siehsse,“ sagte die Frau, „lieber einmal gefragt als zweimal inne Stadt gelaufen!“ Also setzte sich Herr Fischer zum Mahle an den Tisch, doch wie die Frau sich alles so besah, wurde sie schon wieder kniesterich. „Irgendwas fehlt hier noch. Hatte ich nicht noch ne neue Teflonpfanne mit auffen Zettel getan?“ fragte sie ihren Mann. “Ich happ nämmich die Faxen dicke von unsere olle Gusspfanne! Geh runter zur Lenne, ruf den Döbel und sach ihm: eine große Teflonpfanne, achtenzwanzich Zentimeter Durchmesser, und zwar dalli!“

Dem Mann war sein Herz so schwer, und er wollte nicht; er sagte zu sich selber: „Das ist nicht recht“ – aber ging doch hin. Als er an die Lenne kam, war das Wasser ganz violett und dunkelblau

und grau und dick, wie früher hinter den Stahlwerken. Da stellte er sich nun hin und sagte:

„Kerrokiste, Grätenmann,
Döbel komm am Ufer ran,
ich happ Ärger mitti Ische,
die will Butter bei die Fische!"

„Leckomio," antwortete der Döbel und schwamm herbei, „das Leben is scheinbar doch ein Wunschkonzert. Was willse denn?" „Sie mag ihre olle Gusspfanne nich mehr, sie will gern was mit Teflon-Beschichtung. Achtenzwanziger Durchmesser, wennes geht." „Geh nur hin, sie hat sie schon!"

Da ging der Mann hin, mit kurzem Umweg über die Pilsklause, und wie er sehr spät daheim durch die Haustür fiel, da traf ihn statt der schweren Gusspfanne schon die beschichtete Alupfanne am Hinterkopfe. „Kumma," sagte die Frau, „liecht gut inner Hand das Teil, woll!?" „Ja," stöhnte der Mann, und rieb sich den Hinterkopf „so soll es bleiben; nun wollen wir recht vergnügt leben." „Lasswe ersma kucken", sagte die Frau. Dann begann sie, sich in der Küche zu schaffen zu machen. Es dauerte keine fünf Minuten, da war sie schon wieder am Nörgeln: „Hier fehlt nowwas, hier fehlt nowwas. Samma, der Döbelprinz hätte uns nochen schönen Umluftherd dabeitun können, woll. Geh hin zum Döbel, er soll uns einen neuen Herd mit allen Schikanen schenken!" „Ach, könnwe denn nicht einfach unsern guten alten Beistellherd behalten?" „Nä," sagte die Frau, „geh du nur hin, der Döbel kann das schon tun!" „Nein, Frau," sagte der Mann, „der Döbel hat uns doch schonn die Lehmzmittel und die Pfanne gegeben; wenn ich getz schon widder antanze, dann kriggich bestimmt Ärger mit dem!" „Lass knacken," sagte die Frau, „sonnz kannze dein Frühschoppen am Sonntach vergessen!"

Da war Herr Fischer ganz bedrückt, dass seine Frau so schrappich war. Das ist nicht recht, dachte der Mann. Er wollte nicht hingehen, ging aber doch hin. Er stellte sich an die Lenne und sagte:

„Kerrokiste, Grätenmann,
Döbel komm am Ufer ran,
ich happ Ärger mitti Ische,
die will Butter bei die Fische!"

„Meine Fresse!" sagte der Döbel, „Was is denn getz am Start?" „Ach," antwortete der Mann halb bedrückt, „sie will somm Umluftherd. Mit allen Schikanen, sacht se." „Geh nur hin, er steht schonn inner Küche. Mit Ceranfläche und Grillautomatik!" sagte der Fisch.

Da ging der Mann hin, und wie er zuhause ankam, da hörte er schon im Flur den Stromzähler rotieren, weil sein Weib bereits den neuen Umluftherd ausprobierte. „Na," sagte die Frau, „ist der nun nicht schön?" „Ach ja," sagte der Mann, „so soll es auch bleiben; nun wollen wir uns zu Tische setzen und zufrieden sein." Die Frau trank sich einen großen Schluck Kellergeister und sprach: „Ich weiß getz, was ich die ganze Zeit doch noch vergessen hatte! Mach du dir de Sportschau dran, ich will nun selbst zum Döbel gehen!"

Da ging die Frau hin, und als sie an die Lenne kam, da war der Fluss ganz schwarzgrau, und das Wasser quoll so von unten herauf wie kurz vor einem schlimmen Hochwasser. Da stellte sie sich hin und sagte:

„Zauberprinz und Grätentyp,
Döbelchen, ach sei so lieb,
komm domma am Ufer ran,
damittich nowwas wünschen kann!"

„Hallo, hallöchen!“ sagte der Döbel. „Was soll es denn sein, schöne Sauerländerin? Für dich hol ich die Sterne vom Himmel und den Sekt aussem Eisfach!“ „Ach,“ sagte die Frau und klimperte dabei mit den Wimpern, „ein Pfund gute Butter tät mir schon reichen, mein Prinz.“ „Geh nur nach Haus, es steht schon im Kühlschrank!“

Da beugte sich die Frau zum Wasser, als wolle sie dem Döbelprinzen zum Dank die Flosse schütteln. Wie der Fisch ihr aber entgegen schwamm, da holte sie ein Knüppelchen aus ihrer Kittelschürze, semmelte dem Döbel eins auf seinen schuppigen Schädel und machte ihm dann mit gekonntem Kiemenstich den Garaus. So sindse, die Anglerfrauen aussem Sauerland.

Wieder zuhause angekommen, rief sie: „Butter bei die Fische!“ und bereitete ihrem Mann ein köstliches Abendmahl. Und wie sie anschließend nudeldick und zufrieden bei Tische saßen, da nahm Herr Fischer den Döbelkopf vom Grätenteller und sprach zu ihm: „Da bisse getz aba sprachlos, woll!“ Dann erhoben er und seine Frau die Gläser und sangen:

„Petri dank und Petriheil
Lennefisch schmeckt obergeil.
Ob Zauberprinz, ob Grätenmann,
es muss nur gute Butter dran!“

Wie der Mann aber nun den Fisch aß, da blieb ihm eine der vielen, vielen Gräten des gemeuchelten Döbels im Halse stecken. Der Mann kröchzte und kröchzte, er wurde puterrot bis ihm die Luft ausblieb und fiel dann hintüber vom Schemelchen. Er zappelte noch zweimal wie ein Fisch an der Angel, dann war er mausetot. Die Frau ließ ihn begraben und weinte und weinte fortan so sehr, dass sie vor lauter Tränen zum falschen Scheuermittel griff und das Ceran-Kochfeld ihres neuen Herds arg zerkratzte. Da der Zauberdöbel aber keine

Garantie auf das Gerät gegeben hatte, weinte und weinte die Frau noch mehr ob des angerichteten Schadens. Sie eilte greinend hinunter zum Flusse, an die Stelle, wo sie den Döbel gemeuchelt hatte. Dort stieg sie ins Wasser, zerfloss vor Trauer und endete als Rinnsal aus bitteren Tränen in der Lenne. Dä!

*Seit jenem Tage aber weigern sich die Döbel,*
*Äschen, Hechte und Barben in der Lenne,*
*mit den Menschen zu sprechen*
*oder ihnen gar Wünsche zu erfüllen.*
*Und wenn du mir nicht glaubst,*
*setz dich ins herrliche Grün am Lenneufer*
*und hör genau hin, ob du die Fische flüstern hörst.*
*Nä? Siehste!*

# PRINZESSIN PERSICO UND IHR FROSCH

Ein Märchen mit Sauerländer Perle

Wie jeder weiß, leben im Sauerland nicht nur die klügsten, sondern auch die schönsten Frauen der ganzen Welt. Manchmal muss man zweimal hinkucken oder am besten die Brille absetzen, aber dann wird man ihrer Anmut schnell gewahr.

Die schönste von allen aber war angeblich Prinzessin Persico, die Tochter des sauerländischen Königs. Schon als kleines Kind sangen die Troubadoure im ganzen Land ihr Loblied, und als sie endlich achtzehn Jahre alt war, ließ der König verkünden, er suche nach einem Ehemann für sie. Herkunft und Vermögensstand seien ihm ganz egal: Hauptsache, ein reicher Prinz. Er lud den europäischen Hochadel an seinen Hof und bereitete eine große Prinzenschau vor. Um sicherzugehen, dass kein Kleinadel unter den Bewerbern sei, befestigte er ein Schild an seinem Schlosstor, auf dem waren ein paar traurige Herzöge, Barone und Grafen abgebildet und darunter stand zu lesen: Wir müssen leider draußen bleiben!

Da sich die Schönheit seiner Tochter bis über die Grenzen des Sauerlandes herumgesprochen hatte, strömten Prinzen aller Länder schon bald herbei, um um die Gunst Prinzessin Persicos zu buhlen. Als die Anbetungswürdige dann in ihrem besten Gewande in den Schlosssaal schwebte, ging ein Raunen durch die Prinzenschar. Der König stellte sich neben sein Töchterlein und pries ihre Vorzüge: „Seht sie euch an, edle Prinzen aus dem Morgen- und dem Abendlande! Das ist meine Tochter Persico, die Perle des Sauerlandes. Ihre Haare sind blond wie ein Affelner Stoppelfeld, ihre Haut so weiß wie der Schnee in Winterberg, ihre Augen so blau wie die Hönne, ihr Hintern so kräftig wie der einer Balver Stute, und ihre Beine so stark wie ein Bergbaustempel aus Ramsbeck!“

„Parbleu!“ rief der kleine Prinz Sarkosi von Burgund, „Quelle derrière! Gebt sie mir zur Gemahlin, edler König, und lasst uns unsere Reichtümer vereinen!“ Der König war’s zufrieden und fragte aber zunächst sein Töchterlein, ob sie den Burgunderprinzen heiraten möge. Prinzessin Persico besah sich den Franzmann und sprach: „Nä, lassma lieber, der is mir zu irpsich!“ Da sprang der kleine Burgunderprinz auf, stürmte aus dem Saale und ritt beleidigt von dannen.

Als nächstes kniete der Italiener Bellustoni von Venetien vor den beiden nieder. Er schaute wie gebannt auf Persicos blonde Haare, dann senkte er den Kopf und sprach: „Gebt mir diese goldene Blume des Sauerlandes zum Eheweibe, und ich mache euch zum mächtigsten Mann Europas!“ Der König wär natürlich gern noch mächtiger geworden, also fragte er sein Töchterlein, ob sie den venezianischen Prinzen nicht zum Manne nehmen möge. Persico aber besah sich den Buhlenden und sprach: „Nä, lassma lieber, der kricht ja schonne Plähte unter seim Toupet!“ Da erhob sich der in seiner Ehre verletzte Bellustoni, machte auf dem erhöhten Absatz kehrt und ward nie wieder gesehen.

Nach und nach lehnte Persico einen Bewerber nach dem anderen ab. Der eine war zu dick, der andere zu dünn, dieser hatte Hasenzähne, jener krumme Beine. Zum Schluss war nur noch der reiche Ölprinz von Futschistan übrig. Er trat vor den König hin und nickte Prinzessin Persico freundlich zu, gelten üppige Frauen im Morgenland doch als die Krone der Schöpfung. Also sprach er zum König: „Edler König des erhabenen Sauerlandes, gib mir deine Tochter zum Weibe, und es soll dir niemals mehr an Heizöl mangeln.“ Da konnte der König sein Glück kaum fassen, und er stieß seine

Tochter an: „Den nimmste getz aber, woll!“ Doch Prinzessin Persico rümpfte nur eitel die Nase: „Kommt doch ganich inne Tüte, kuck dir den domma an, mit seim albernen Geschirrtuch auffem Kopp!“

Da ballte der tief gekränkte futschistanische Prinz seine Faust und verfluchte den Regenten und seine Tochter: „Das werdet ihr mir büßen! Heute Abend noch lass ich euch den Ölhahn abdrehen, auf das ihr jämmerlich erfrieren mögt im bitteren Sauerländer Winter!“ Er verließ das Schloss wutentbrannt, sattelte sein Dromedar und schaukelte mit der Sechs-Uhr-Karawane zurück in seine Heimat.

Der König des Sauerlands aber war stinkesauer! Nicht nur, weil sein schönes Töchterlein so hochmütig war, sondern vor allem, weil er die Ölheizung jetzt auf Erdgas umstellen musste. Bestimmt würde ihn das mehr als das halbe Reich kosten, ohne Mehrwertsteuer.

Er sperrte seine Tochter in den Schlossturm, auf dass sie sich besinne und die Zeit ihre Eitelkeit besiegen möge. Dann ließ er nach Höppi Krämer schicken, dem Sanitär-, Heizungs- und Klimaschmied unten aus dem Dorfe und befahl diesem, das komplette Schloss energiesparend umzurüsten. Nach einem Blick in sein Auftragsbuch versprach Höppi, schon nach seinem Sommerurlaub, in jedem Fall aber so zirka um November rum, wahrscheinlich mit der Arbeit zu beginnen.

So gingen die Monate ins Land, und Prinzessin Persico langweilte sich gar sehr in ihrem Schlossturm. „Ach!“ seufzte sie „Wenn ich nicht so wählerisch gewesen wäre, könnte ich jetzt vielleicht schon Königin in einem sonnigen Lande sein!“ Da hörte sie plötzlich den Schlüssel in der Tür, und Höppi trat mit seiner treuen Bohrmaschine ein. „Tach auch, ich mach hier die Heizung und komm schomma wegen die Löcher!“ Persico erschrak, denn so ein hässlicher Kerl war ihr noch nie untergekommen. Er trug einen grünen Blaumann, hatte keine Haare auf dem Kopf und sein Nacken glich dem einer Kröte. Während der grüne Mann Löcher bohrend von Wand zu Wand hoppste, glich er mehr einem Fröschlein denn einem menschlichen Wesen. Da fiel Persico plötzlich ein altes Märchen ein, das die gute Amme ihr als kleine Prinzessin immer erzählt hatte. Wurde dort nicht ein hässlicher Frosch geküsst und so zum wunderschönen Prinzen? Also schnappte sie sich Höppi Krämer und gab ihm einen dicken Schmatzer. Aber, ojemine, der Handwerker war immer noch so potthässlich als wie zuvor. Höppi aber hatte der Kuss natürlich gefallen, und er versprach, schon bald wiederzukommen.

Trotz der ausgebliebenen Verprinzung freute sich Persico insgeheim, denn der Heizexperte war zwar ein abscheulich aussehender Kerl, konnte aber, wie alle Sauerländer Männer, knutschen wie ein Weltmeister. Weil Höppi nun aber leider noch einen Neubau im Nachbardorf hatte und dessen Errichter in bar zahlte, gingen wieder etliche Monate ins Land, bis Persico ihren grünen Besucher wiedersah. Abermals schloss er die Turmtür auf, begrüßte die Prinzessin und legte ein paar Rohre auf den Fußboden. Wie er vor seinem Werkzeugkasten hockte, da bimmelte auf einmal das Handy in seinem grünen Wams. Höppi ging dran und quakte und quakte und quakte mit seinem Steuerberater. Prinzessin Persico sah ihn so hocken und hörte ihn so quaken und dachte bei sich: „Dieser Frosch quakt so greulich, vielleicht ist er doppelt verzaubert. So will ich ihn zweimal küssen, dann wird bestimmt ein Prinz daraus!“ Sie umfasste seinen Krötennacken und drückte ihm gleich zwei Küsse auf die nach Lötfett schmeckenden Lippen. Doch wieder tat sich nichts, und statt eines Prinzen stand immer noch Höppi Krämer vor ihr. Der aber freute sich so wie schon beim ersten Male, küsste die schöne Persico eifrig zurück und begann danach gekonnt und frohen Mutes, endlich auch das Rohr zu verlegen.

Wie die Arbeit getan war, packte Höppi sein Werkzeug wieder ein und versprach, schon bald wieder zu kommen. So vergingen die Wochen und Monate, Höppi kam und ging wieder, irgendwann hingen die Radiatoren, und noch bevor der Winter kam, wurde der Boiler in Betrieb genommen und Prinzessin Persico gebahr einen strammen Sohn. Der König freute sich, als Höppi stolz um Persicos Hand anhielt, denn ein Sanitär-, Heizungs- und Klimaschmied ist mächtiger als alle Prinzen zusammen: ohne ihn fließt kein Wasser, ohne ihn heizt kein Palast, ohne ihn spült nicht einmal das Klosett des russischen Zaren. Da Höppi die Prinzessin Persico außerdem von ihrer Eitelkeit geheilt hatte und Familienmitgliedern zwanzig Prozent Skonto gewährte, gab der König leichten Herzens seine Tochter dem Mann im grünen Wams zur Frau.

Prinzessin Persico aber war zeitlebens froh, einen hässlichen Sauerländer Handwerker geheiratet zu haben. Er war vielleicht kein schöner Prinz und trug keine Krone, aber niemand konnte so gut knutschen und rumquaken wie ihr geliebter Froschkopp Höppi Krämer.

*Wenn du also eine hübsche Prinzessin bist*
*und das Küssen erlernen willst,*
*wende dich doch auch an einen hässlichen Sauerländer.*
*So wie mich.*
*Und weisst du was?*
*Ich freu mich sogar,*
*wenn du ein ganz klein wenig nach Persico schmeckst.*

# DER RATTENFÄNGER VON ISERLOHN

## Wie den Waldstädtern die Flötentöne beigebracht wurden

Ein jeder von euch kennt die Geschichte vom Rattenfänger zu Hameln. Der lockte aus Zorn darüber, dass ihn die Bürger Hamelns um seinen gerechten Lohn für die Befreiung der Stadt von einer Rattenplage betrogen hatten, deren Kinder mit eitlem Flötenspiel aus der Stadt. Zu Hunderten folgten sie ihm nach und verschwanden auf Nimmerwiedersehen hinterm Poppenberg.

Was aber die wenigsten wissen, ist wie diese Geschichte weiterging und endlich im Sauerland ein musikalisches Ende fand. Daher spitzt fein die Ohren, und ich will sie euch erzählen.

Nachdem der Rattenfänger also die Kinder Hamelns aus der Stadt gelockt hatte, ließ er sie bald laufen, denn sie waren laut, quengelig und fragten immer, ob man bald da sei. Weil er aber kein Geld in der Tasche hatte und ihn der Hunger zwackte, wanderte der Mann immer seiner Flöte nach, um weitere Städte von Ratten und Mäusen zu befreien. So kam es, dass er auch die mächtige Waldstadt Iserlohn im schönen Sauerlande erreichte. Der Rattenfänger marschierte stracks zum Bürgermeister und entbot ihm seine Dienste:

„Ratz und Maus in diesem Ort
blas ich mit dem Pfeifchen fort.
Eine Mark pro Nagetier,
inklusiv Ersäufgebühr!“

Der Bürgermeister von Iserlohn aber war, wie alle Sauerländer, nicht leicht zu überzeugen. Also sprach er: „Du kannz mich viel erzählen, woll! Blas mir ersma die Ratten aussem Rathaus, und dann wollnwe ma weiterkucken!“ Der Rattenfänger freute sich, gleich an Ort und Stelle seine Kunst zu vollführen. Er zückte sein Pfeifchen und blies „Muss i denn zum Städele hinaus“, während er über die Flure des Rathauses tanzte. Da sprangen die Kellertüren des alten Gemäuers auf, und Aberhunderte von Ratten und Mäusen folgten dem Manne zum städtischen Freibad, wo er sie zu Tode döppen wollte. Weil das haarige Nagegetier jedoch die Badehosen vergessen hatte und so nicht ins Becken durfte, musste der arme Rattenfänger fiedelnd bis hinaus zum Seilersee ziehen und dort in die Fluten steigen. Die graue Armee folgte ihm nach und ersoff elendiglich.

Wie der Rattenfänger zurück in die Stadt kam, bat er den Bürgermeister um einen Ratten-Entsorgungsauftrag für die ganze Stadt. Der jedoch sagte: „Samma, du bis ja'n echten Piepenprofi! Ich glaub, in ganz Iserlohn gipptes keine einzige Ratte mehr! Da kannich nur sagen: Dankeschön, auf Wiedersehn!“ Dann klimperte er kurz mit der Bürgermeisterkette und knallte dem verdutzten Rattenfänger die Rathaustüre vor der Nase zu. Der Flötenmann stand verdattert da und wusste sich keinen Rat. Sein Magen knurrte immer bedrohlicher, und wieder einmal war er um den gerechten Lohn seiner Arbeit betrogen worden. Während er in Altglascontainern und Abfallkübeln nach Pfandgut fischte, schwor er auf Rache an den Waldstädtern. Wie zuvor im fernen Hameln wollte er sich dazu wieder der Kinder bedienen.

Rund um den Danzturm ließ der Betrogene also sein Fahrtenmesser in die Äste der jungen Laubbäume fahren, schnitt Ast auf Ästlein in ellenlange Stücke und trug sie an sein Lagerfeuer im Walde. Dort schnitzte er daraus mit geübten Griffen, viel Geduld und Spucke eine stattliche Anzahl

feinster Blockflöten. Dann eilte er in die Stadt, stellte sich vor die Iserlohner Schulen und Kindergärten und verteilte die Instrumente unter den Kleinen, ohne auch nur einen Heller dafür zu verlangen. Um die Kinder anzulocken, spielte er selber auf einem Flötchen und sang dazu:

„Langeweil' an diesem Ort,
blast lustig mit den Flöten fort.
Pfeift daheim den Eltern was,
Hei, das wird ein Heidenspaß!"

Da griffen die kleinen Iserlohner natürlich zu und fiepten schon auf dem Nachhauseweg so schief und krumm um die Wette, dass die Katzen ohnmächtig von der Stadtmauer fielen und der Frau des Bürgermeisters das Stielmus sauer wurde. Wie die Kinder aber ihre Eltern tagaus, tagein mit ungeübtem Flötenspiel peinigten, da brach allenthalben ein großes Gezanke und Geschimpfe los. Die Erwachsenen riefen: „Hau die dämliche Flöte inne Tonne!", „Du bringst mich noch ummen Verstand, Kevin!" und „Heiliger Tinnitus, steh uns bei!", wobei sie versuchten, den piependen Sprösslingen ihre Flötchen zu entreißen. Die Kinder bölkten: „Lass die Flossen von meine Flöte!", „Das is meine, die krichter nich!" und greinten „Rabää, rabää, rabää, das saggich meine Omma!" Wie das Gezänk am größten war und die ersten Elternpaare daran dachten, sich die Ohren abzuschneiden, da drang plötzlich durch die Straßen und Gassen der Iserlohner Altstadt ein wunderbarer Flötenklang, der die Streithähne verzauberte und inne halten ließ. Es war natürlich der Rattenfänger, der seinem Pfeifchen mit geübten Griffen einen bunten Strauß beliebter Melodien entlockte. Zuletzt ließ er „El Condor Pasa" majestätisch seiner Flöte entfliegen und rief dann:

„Hörsturz, Streit und Ohrenpein?
Liebe Leut, das muss nicht sein!

Für fuffzich Mäuse in der Stunde
Lehr ich die Blagen Flötenkunde!"

Da erhob sich unter den Iserlohnern ein großes Heulen und Wehklagen, denn so viel Geld gab man dort sonst nicht einmal bei Hochzeiten aus, geschweige denn für Flötenunterricht.

Der Bürgermeister, dessen Geiz den Unmut des Mannes geweckt hatte und der somit am grässlichen Gefiepe der Kinder die meiste Schuld trug, trat vor den Rattenfänger und sprach: „Niemals! So viel verdiene ja nicht einmal ich!" Der Mann aber ließ sich nicht Bange machen: „Ihr Iserlohner habt mich um den gerechten Lohn betrogen! Zur Strafe sollen euch die eig'nen Kinder die Mäuse aus den Taschen flöten!" „Und wenn wir einfach nicht Mitmachen, du grausamer Kerl?" wollte der Würdenträger wissen. „Dann schenke ich jedem Kind noch eine Panflöte obendrein und ganz Iserlohn wird in Nullkommanix in den Wahnsinn getrieben!" drohte der Rattenfänger mit lauter Stimme. Als den Iserlohnern mit der berüchtigten Panflöte gedroht wurde, kannte ihre Bestürzung keine Grenzen. Sie holten ihr Erspartes aus Matratzen und von hohen Kanten, überhäuften den Mann mit Geld und Gold und flehten ihn an, den Kindern auf der Stelle die Flötentöne beizubringen.

Alsbald saßen die Kleinen geschniegelt und gebügelt in Iserlohns erstem Blockflötenunterricht. Schon nach wenigen Minuten stöhnten sie vor Langeweile, denn Noten lesen und Tonleitern üben war ganz und gar nicht nach ihrem Geschmacke. Der Rattenfänger aber hielt, im Gegensatz zum Bürgermeister, sein Versprechen,

und er quälte und piesackte die kleinen Flötenkröten so lange, bis alle zur Weihnacht ein Lied spielen konnten, das geübte Ohren an „Oh Tannenbaum“ erinnerte.

Auf Heiligabend dann schlich der Rattenfänger an den Häusern Iserlohns vorbei und lugte in die festlich beleuchteten Wohnstuben. Allenthalben standen seine pausbäckigen kleinen Schüler mit ihren Blockflöten vor den Weihnachtsbäumen und fiepten und flöteten, bis die Kerzen flackerten und ihren Eltern die Tränen über die Wangen rannen. Den einen aus Rührung, den meisten aus Verzweiflung. Da freute sich der Mann, packte seine Mäuse beisammen, pfiff sich ein munteres Liedchen und verließ die Stadt auf Nimmerwiedersehen.

*Vielerorts im Sauerland erinnert das*
*weihnachtliche Spiel der Blockflöte*
*noch bis auf den heutigen Tag an das*
*Fiepen der ertrinkenden Ratten von Iserlohn.*

# ROTKÄPPKEN UND DER LETZTE WOLF

Frei nach Grimm, gleich hinter Oesbern

Es war einmal vor gar nicht allzu langer Zeit, da gab es nur drei Fernsehprogramme, die man schaute, und im Sauerland lebten noch Wölfe. „Im Sauerland? Wölfe? Niemals! Höchstens die, die unten anner Nase kleben!" hör ich die Musterschüler unter euch schon krakeelen. Tja, wenn es aber dort nie Wölfe gab, wie kommen denn dann die Wolfsangeln in die Wappen so vieler Gemeinden unserer schönen Heimat, ihr Schlauberger? Hä? Weil man damit zum Beispiel in Evingsen, Hemer und Oesbern Wölfe gefangen hat, woll! Also Klappe halten, hinsetzen, hinhören: dann erzähl ich euch die Geschichte vom Rotkäppken, ihrer Omma und dem bösen Wolf.

In Oesbern-Wolfskuhle lebte einst ein Mägdelein, die hatte jedermann lieb, der sie nur ansah. Sie litt aber leider unter fortgeschrittener Pubertät, fand alle Erwachsenen voll ätzend und hing am liebsten mit ihren Freundinnen vor der Eisdiele in Menden ab. Dabei trug das Kind am liebsten ein feines Jäckchen aus rotem Flausch mit einem munteren Kapützchen oben dran, ein Huddi, wie die jungen Sauerländer diese Tracht untereinander nennen. Weil das Mädchen aber nun tagaus, tagein das rote Kapützchen ihres Huddis auf dem Haupte trug, wurde es allenthalben Rotkäppken gerufen.

Eines Tages sprach seine Mutter zu ihm: „Rotkäppken, deine Omma hat angerufen, du sollst ihr einen Kattong Bienenstich vom ALDI ausser Kühltruhe mitbringen, und ein Pülleken Melissengeist inner Apotheke besorgen. Mach wacker, kennz ja Omma, die kuckt bestimmt schon auffe Uhr!"

„Boah, ej!" sagte Rotkäppken zur Mutter und steckte sich murrend Taler und Tragetüte in die roten Jackentaschen. Die

Großmutter aber wohnte draußen im Wald, eine halbe Stunde vom Dorfe entfernt. Da kein Bus dorthin fuhr, musste Rotkäppken nach dem Einkaufen zu Fuß losstapfen. Die Vöglein im Walde zwitscherten ihre Lieder, das Bächlein murmelte und die Blätter rauschten leise im Winde. Rotkäppken aber lauschte zum Zeitvertreibe lieber über lustige Ohrstöpselchen den Weisen von Tokio Hotel. An einer Lichtung machte sie Rast, denn sie verspürte Hunger und Durst. Da sie aber nichts Rechtes bei sich führte, labte sie sich am halbgefrorenen Bienenstich, bis es ihr im Magen zwickte und zwackte. Gut, dass der Melissengeist parat war! Die rote Maid nahm einen kräftigen Schluck aus dem Pülleken und hoffte darauf, dass das Magengrimmen ein Ende hätte.

„Vorsicht Rotkäppken," rief die kluge Eule ihr von einem Eichenaste zu, „das ist Teufelszeug mit Hexenspucke!"

Da kam unversehens der böse Wolf des Weges und gesellte sich zum Kinde. Rotkäppken fürchtete sich aber nicht, denn der Geist der Melisse hatte sie ihrer Wachsamkeit beraubt. „Hallo, hallöchen!" „Wohin so früh des Weges, Kapuzenkind?" „Bei de Omma!" „Was hasse da inner Tüte?" „Kuchen vom ALDI für Ommas Kaffeekränzchen, und Melissengeist gegen Herzklabastern." „Rotkäppken, wo wohnt denn deine Großmutter?" „Willze mich veräppeln? Hier im Wald steht ein einziges Häuschen, und da steht groß anner Klingel: Omma!"

Der Wolf dachte bei sich: „Das rote Mägdelein, das ist ein fetter Sauerländer Bissen, der wird noch besser schmecken als die zähe Omma: Ich muss es nur listig anfangen, dann kann ich Zeit gewinnen und beide fressen!" Also zeigte er auf die wunderbaren Blumen des Waldes und sprach: „Pflück doch deiner Großmutter einen schönen Strauß frische Blumen, da wird sie sich freuen!" Rotkäppken aber sprach: „Omma? Blumen? Nä!" Dann übermannte sie der Melissengeist, die Maid kippte rücklings in den Bienenstich



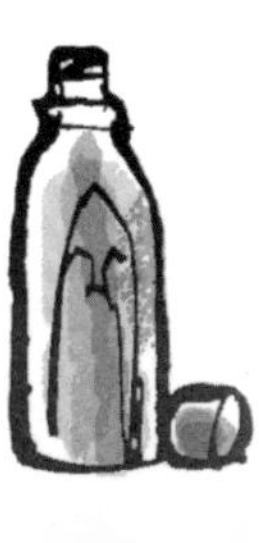

und schlief auf der Stelle ein. Dem Wolfe war's recht und er ging geradeswegs nach dem Haus der Großmutter hin und klopfte an die Türe.

„Wer ist da draußen?" „Rotkäppken! Ich bringe Bienenstich und Melissengeist, mach auf." „Drück nur auffe Klinke", rief die Großmutter, „ich happ widder so Piene inne Beine und kannich aufstehn."

Der Wolf drückte auf die Klinke, die Türe sprang auf, und er ging, ohne ein Wort zu sprechen, gerade zum Bett der Großmutter, nahm ihr die pieksenden Haarnadeln aus dem Dutt und verschluckte die Ärmste. Nun zog er ihre Kittelschürze an, setzte ihren Sonntagshut auf, legte sich in ihr Bett und zog die Vorhänge zu.

Das melissenkranke Kind aber war mittlerweile wieder erwacht. Ach, wie brummte ihm das Köpfchen vom vermaledeiten Trunk! Ach, wie fröstelten ihm die Fingerlein, als es am Bächlein hockte und vergebens hoffte, mit kaltem Wasser und Fichtenreiser den fetten Bienenstich vom roten Huddi zu entfernen. Missmutig und rundum befleckt machte sich Rotkäppken auf den Weg zur Großmutter. Als es dort ankam, wunderte sich das Kind, dass die Türe sperrangelweit offen stand. Und wie es in die Stube trat, so kam es ihm so seltsam still darin vor, dass es dachte: „Voll krass, was issen hier am Start? Der Fernseher ist ja aus! So kenn ich meine Omma ja gar nicht!"

Rotkäppken rief: „Mahlzeit, Omma!", bekam aber keine Antwort. Darauf ging es zum Bett und zog die Vorhänge zurück: da lag dort die Großmutter, hatte ihren Sonntagshut tief ins Gesicht gesetzt und sah so wunderlich aus.

„Samma, Wolf, wo issen die Omma?" fragte das Rotkäppken das garstige Ungeheuer ohne Zögern, denn ihr glaubt ja wohl selber nicht, dass ein Sauerländer Mädel einen Wolf nicht von seiner Großmutter unterscheiden kann.

„Woran hast du mich denn erkannt, mein Kind?" seufzte der Wolf, „An den langen Ohren, an den großen Augen oder an meinem entsetzlich großen Maul?"

„Nä!" erwiderte Rotkäppken, „Lange Ohren hat meine Omma auch, damit sie auch ja alles mitkriegt. Und riesengroße

Augen hat sie auch, weil sie sonne dicke Brille trägt. Na, und ihr großes Mundwerk, das kennt man in ganz Oesbern."

„Ja, was hat mich denn dann verraten?" fragte sie der Wolf. „Erstens hast du nicht am Fenster gestanden und gerufen: Wo bleibt der verdammte Bienenstich, du undankbares Kind? Zweitens ist heute Donnerstag, und du hast ihren guten Sonntagshut auf. Und drittens bammelt dein Schwanz aus dem Bett."

Kaum hatte der Wolf das gehört, da wollte er einen Satz aus dem Bette machen und auch das Rotkäppken verschlingen. Doch plötzlich heulte er ganz entsetzlich, und es erschienen zwei Hände aus dem Maul des Ungeheuers. Von innen wurden ihm die greulichen Reißzähne auseinander gedrückt, bis sich der Kopf der Großmutter aus dem riesigen Wolfsrachen schob: „Das hätte es früher nicht gegeben!" keifte sie, "Einfach ne arme Rentnerin verschlucken!"

Die Großmutter kletterte aus dem Wolf und zeterte: „Und wie es da drinne aussieht! Wie bei Hempels unterm Soffa!" Sie ging zu ihrem Besenschrank, holte die Flinte ihres verstorbenen Mannes heraus und knallte dem Wolf aus der Hüfte eine doppelte Ladung besten Bleischrots vor den Latz. „Arme Ommas fressen, ja, wo kommenwe denn da hin?!" Während der Unhold sein Leben aushauchte, lud die Großmutter nach und fragte Rotkäppken: „Und wo ist der gute Bienenstich vom ALDI? Ich krich gleich Besuch zum Kaffee!" „Den hat der Wolf gefressen!" log das verängstigte Kind. „So, so," argwöhnte die Oma, „und wie kommt dann die schöne Butterkrehm an deine rote Joppe?"

Rotkäppken suchte noch verzweifelt nach einer Ausrede, als schon ein Warnschuss der Großmutter an die Zimmerdecke kartätschte, dass es nur so staubte.

„Du hass zwanzich Minuten, du undankbares Nürsel, jetzt aber wacker beim ALDI, sonnz krachtes!“ Da sprang die Enkelin auf und eilte davon, um neuen Bienenstich zu erstehen. Die Großmutter aber zog den Wolf aus der Stube und wischte gründlich die Dielen im Hause. Und wie das Rotkäppchen jappsend mit dem Kuchen zurück kam, da saß die Oma schon im Kreise ihrer alten Damen und ließ ihre neue Rheumadecke aus Wolfspelz bewundern. Rotkäppken aber schwor sich, ihre Großmutter nie, nie wieder anzuschwälen.

*Daher liebe und ehre auch du deine Großmutter,*
*denn sie könnte geladen sein.*

# DER ADLER VON ARNSBERG

## Wie die Arnsberger endlich einen Schützenkönig fanden

Wie man auf der ganzen Welt neidlos anerkennt, sind die Männer aus dem Sauerland besonders prachtvolle Exemplare ihres Geschlechts. Von Natur aus gut bestückt, schlau wie der Dachs und stark wie eine Eiche. Überall laufen ihnen die Weibsbilder nach und bitteln und betteln, von einem waschechten Sauerländer zur Frau genommen zu werden.

Leider hat der liebe Gott aber dafür gesorgt, dass überall dort, wo Licht ist, auch Schatten sein muss. Daher hat er den Männern aus dem Land der Talsperren eine gehörige Portion Geiz mit in die Wiege gelegt. Sie sind so kniepig, dass sie nicht mal Geldbeutel besitzen, sondern stets nur lose Münzen in den Buxentaschen tragen. Müssen sie dort hineingreifen, um ihrem Kinde eine Süßigkeit oder ihrem Weibe eine Wurst zu kaufen, dann zuckt die Hand so rasch wieder heraus, als würde ein besonders stachliger Igel darin wohnen.

Nun ist Kniepigkeit an sich ja nicht schlecht, denn sparst du am Brote, so hast du an der Theke. Wer aber Schützenkönig im Sauerlande werden will, der muss die Cordbuxe mit dem Igel in der Tasche ausziehen und stattdessen Spendierhosen tragen. Dieser Umstand trifft vor allem die Schützen aus dem Arnsberger Land besonders hart. Einerseits weiß nämlich ein jeder, dass du bei den sparsamen Arnsbergern die Schüssel mitfressen muss, um beim Essen satt zu werden. Andererseits finden sich dort aber auch die zielsichersten Schützen im ganzen Lande, da es in den schönen Wälder rundum seit jeher viel Wild zum Jagen gab. Wer aber zu gut zielt, wird Schützenkönig, und Schützenkönig sein, ist teuer.

Daher wurden in Arnsberg schon seit dem Mittelalter besonders kleine Vögel auf die Stange am Schießstand gesetzt, erst Spatzen, später sogar Zaunkönige und Hummeln, nur damit man möglichst nicht träfe und König wurde. Den besonders guten Schützen war es ein Heidenspaß, besonders knapp vorbei zu zielen, um den anderen Schützenbrüdern zu zeigen, dass man schon könne, wenn man nur wolle.

Mal wurde dem Spatzen auf der Stange aus hundert Metern mit dem Kleinkaliber ein Mittelscheitel gezogen, mal dem Zaunkönig die Krallen gestutzt oder der Hummel die Pollen von den Beinchen gestäubt. Weil aber niemand den Volltreffer landen wollte, gab es auch keinen Schützenkönig, und beim anschließenden Schützenumzug blieb die Kutsche Jahr aufs Jahr leer.

Da begannen die Arnsberger zu murren, denn wer sich schon im strömenden Regen an die Straße stellt, um den Festumzug zu sehen, dem steht auch der Blick auf ein stolzes Königspaar zu. Wie also die Unruhe in der Stadt immer größer wurde und eine Revolte drohte, setzten sich die Obristen des Schützenvereins zusammen, um nach einer Lösung zu suchen. Sie überlegten und überlegten und überlegten, und weil die Sonne in Arnsberg am höchsten scheint und die Einheimischen deswegen die Allerhellsten sind, verkündete man schon am dritten Tage den Beschluss, nicht ein lebender Vogel solle auf der Stange sitzen, sondern einer aus Holz. Und derjenige solle unwiderruflich Schützenkönig sein, der das letzte Fitzelchen Holz von der Stange schösse. Der Bruderschaft gefiel der Vorschlag, und auch das Murren der Arnsberger verstummte, erhoffte man sich auf diese Weise doch endlich mal wieder ein anständiges Schützenfest, mit König, Hofstaat und vollem Gedöns.

Im folgenden Juli ging es also guter Dinge zum Schießplatz hinaus. Damit das Zielen nach wie vor eine Herausforderung sei, hatte man eine hölzerne Blaumeise auf die Stange gesetzt. Zuerst trafen sie sehr gut, doch je weniger Meise übrig blieb und je häufiger sie in die Buxentaschen griffen, um Kugeln zum Nachladen herauszuholen, desto deutlicher spürten die Schützen den stachligen Igel des Geizes darin pieksen. Also begann ein jeder, knapp daneben zu zielen, damit vielleicht der Nächste den entscheidenden Treffer landen würde. Als nach drei Tagen und dreitausend Schuss immer noch ein Meisenbein auf der Stange stand, ließen die erschöpften Schützen das Schützenfest einfach ausfallen. Unter dem Volk brach eine große Wut aus, denn es begehrte eine Kirmes, ein Zelt und eine lange Theke. So kam es im Raum Arnsberg zu schweren Plünderungen und Verwüstungen, und die durstige Menge kam erst zur Ruhe, als das Schützenfest in Holzen begann und dort die Zapfhähne krähten.

Die Arnsberger Schützenbrüder sannen im Gasthaus abermals auf Abhilfe, fanden aber keinen rechten Rat, wo ein

Schützenkönig mit weiten Spendierhosen zu finden sein könnte. Und wie sie so überlegten und überlegten und überlegten, da betrat plötzlich ein kugelrundes Männlein mit schönem Schmerbauch und roten Backen die Gaststube und gesellte sich zu ihnen. Es war Freiherr von Gräwe, der Erfinder des Tannenzapfens und gleichzeitig der reichste Mann Arnsbergs. Die Schützen schilderten ihm ihr Dilemma, und von Gräwe strich sich nachdenklich übers Kinn. „Männers, ich happ zwar Brillengläser wie Glasbausteine, aber wenn ihr mich zu einem der euren macht, dann werd ich euch irgenzwie ausser Bredouille helfen.“ Er gab eine Runde aus, und rummeldikatz war er Mitglied im Schützenverein.

Als nun abermals der Juli wieder ins Land kam, versammelte sich das Volk wieder auf dem Schießplatze vor der Stadt. Man hatte Fackeln und Mistgabeln mitgebracht, denn sollten die Schützen wieder einmal keinen König finden, wollten die Arnsberger sie aus dem Lande jagen. Die Schützenbruderschaft hatte alle Vorkehrungen getroffen, auf das der neue, reiche Ehrenschütze auch wirklich den Vogel von der Stange holen konnte. So wurde zum Beispiel die Holzmeise durch einen großen Adler ersetzt, und die Schussdistanz war auf fünf Meter verkürzt worden. Freiherr von Gräwe aber hatte in seiner Unruhe vor dem großen Ereignis etwas zuviel Zielwasser getrunken, und so war ihm seine Brille beim Speien ins Dickicht gefallen. Blind wie ein junger Maulwurf stolperte er ohne Sehhilfe auf den Schießstand und semmelte den ersten Schuss versehentlich in die Zuschauer. Während die Verletzten versorgt wurden, rückte man den Adler nun auf Armeslänge an den Schützen heran, setzte den Freiherrn auf einen Hochsitz, Aug in Aug mit dem Vogel, und händigte dem Ehrenschützenbruder eine doppelläufige Schrotflinte aus. Um ganz sicher zu gehen, hatte man hinten am Adler eine Schnur befestigt, um diesen notfalls mit einem heimlichen Ruck von der Stange zu ziehen.

Der Schießrichter stellte fest, dass von Gräwe noch einen Schuss habe, da sich der Adler vor dem ersten Versuch regelwidrig bewegt hätte.

Man spannte dem Freiherrn die Abzugshähne, drückte den Lauf seines Püsters direkt auf die Adlerbrust, und dann gingen alle in sichere Deckung. Rumms! Es tat einen gewaltigen Wumms, es splitterte und splatterte, rauchte und staubte. Von Gräwe kippte durch den Rückschlag mitsamt Hochsitz rücklings in die Menge und strampelte mit den Beinchen in der Luft wie ein Maikäfer.

Dort, wo vorher der stolze Adler gesessen hatte, war jetzt nur noch ein großes Loch in der Luft! „Hoch lebe unser Schützenkönig!" jubelten die Arnsberger und trugen den Freiherrn auf ihren Schultern hinein in die Stadt. Sie striegelten seine grüne Uniform, hängten ihm die goldene Königskette um und setzten ihn mit seiner Frau auf einen Thron am Ende des Schützenzeltes.

König von Gräwe erhob sich, rückte die Ersatzbrille zurecht und blickte auf sein glückliches Volk. Dann nickte er den Arnsbergern wohlwollend zu, griff tief in seine Spendierhose, zog zwei Rollen Biermarken aus der Buxentasche und präsentierte sie der Menge: „Alle Mann: ran!" rief er aus, und schon zwei Runden später war das Arnsberger Schützenfest dank der klugen Schützenbruderschaft genau so, wie es sein sollte: laut, feucht, fröhlich.

*Seit diesem Tage aber trägt die Stadt Arnsberg*
*den Adler im Wappen,*
*jenen Vogel, den der Freiherr von Gräwe abschoss,*
*um Schützenkönig zu werden.*
*Und mögen sich die Zeiten auch gewandelt*
*und andere Schützenfeste andere Regeln haben,*
*so ist mir jedoch kein einziges bekannt,*
*wo nicht ab und zu der Mann mit der Spendierhose*
*etwas näher am Vogel zu sitzen scheint,*
*als die übrigen Schützen.*

# Astreine Sauerlandschwarten aussem Woll-Verlach:

**Herbert Knappstein**
**Ja, bin ich denn der Leo?**
**ISBN 978-3-943681-01-7**

Herbert Knappstein | Ich glaub´, mich tritt ein Pferd!
ISBN 978-3-943681-08-6

Reiner Hänsch
Rotzverdammi!
ISBN 978-3-943681-04-8

Michael Martin
Voll die Bräuche, woll!
ISBN 978-3-943681-22-2

Wilhelmine Sapp
Wellentanz
ISBN 978-3-943681-09-3

Anke Vogt
Sauerländer Märchenbuch
ISBN 978-3-943681-07-9

Hans Fröhlich
So weit das Auge reicht. Aussichtstürme im Sauerland und Siegerland
ISBN 978-3-943681-06-2

Edition: Wo Worte wachsen/Poesie am Rothaarsteig
ISBN 978-3-943681-11-6

**Kontakt/Infos: www.woll-verlag.de · www.woll-onlineshop.de**

## Der Autor

Michael Martin wurde vor langer, langer Zeit im sauerländischen Werdohl geboren. Vor, während und nach seinem Studium in Berlin arbeitete er als Kellner, Stahlarbeiter, Postbote, Möbelpacker und Thekenkraft. Der zweite Universitätsabschluss in England war sein Einstieg in eine Karriere als Berater und Kreativer bei verschiedenen Werbeagenturen. 1998 machte sich Michael Martin als Autor, Ideenlieferant und Filmemacher selbständig. Heute lebt er an der südenglischen Küste und ist Mitinhaber der Filmproduktionsfirmen personalfilm.de und mydatingvideo.

Der Exil-Sauerländer und Hobbyautor hat seiner verregneten Heimat die bekannten Nürsel-Wörterbücher und „Voll die Bräuche, woll!“ gewidmet, das 2013 im WOLL-Verlag erschien. Mit einem Kinderbuch, dem Kurzgeschichtenband „Voll auffe Ohren“ und dem Schützenfestknüller „Voll das Schützenfest, woll!“ sind bereits drei weitere Schwarten bei Michael Martin in Arbeit.

Diese inhaltlich unveränderte Neuauflage der erfolgreichen „Sauerländer Märchenstunde“ erscheint erstmals im WOLL-Verlag, woll.